우리가 정말 알아야 할 우리 고전

이춘풍전
배비장전

우리가 정말 알아야 할 우리 고전 기획 위원

고운기 | 한양대학교 문화콘텐츠학과 교수
김현양 | 명지대학교 방목기초교육대학 교수
정환국 | 동국대학교 국어국문학과 교수
조현설 | 서울대학교 국어국문학과 교수

우리가 정말 알아야 할 우리 고전

이춘풍전 배비장전

초판 1쇄 발행 | 2014년 8월 11일

글 | 김현양
그림 | 김종민
펴낸이 | 조미현

편집주간 | 김수한
책임편집 | 서현미
디자인 | 디자인 나비

펴낸곳 | (주)현암사
등록 | 1951년 12월 24일 · 제10-126호
주소 | 121-839 서울시 마포구 동교로12안길 35
전화 | 365-5051 · 팩스 | 313-2729
전자우편 | editor@hyeonamsa.com
홈페이지 | www.hyeonamsa.com

글 ⓒ 김현양 2014
그림 ⓒ 김종민 2014
ISBN 978-89-323-1701-4 03810

우리가 정말 알아야 할 우리 고전

이춘풍전
배비장전

글 김현양 | 그림 김종민

ᄒ현암사

우리 고전 읽기의 즐거움

문학 작품은 사회와 삶과 가치관을 총체적으로 담고 있는 문화의 창고이다. 때로는 이야기로, 때로는 노래로, 혹은 다른 형식으로 갖가지 삶의 모습과 다양한 가치를 전해 주며, 읽는 이에게 기쁨과 위안을 주는 것이 문학의 힘이다.

고전 문학 작품은 우선 시기적으로 오래된 작품을 말한다. 그러므로 낡은 이야기일 수 있다. 그러나 그 속에 담긴 가치와 의미는 결코 낡은 것이 아니다. 시대가 바뀌고 독자가 달라져도 고전이라는 이름으로 여전히 많은 사람에게 읽히는 작품 속에는 인간 삶의 본질을 꿰뚫는 근본적인 가치가 담겨 있다. 그것은 시대에 따라 퇴색되거나 민족이 다르다고 하여 외면될 수 있는 일시적이고 지역적인 것이 아니다. 시대와 민족의 벽을 넘어 사람이면 누구나 공감할 수 있는 보편적이고 세계적인 것이다. 그렇기 때문에 우리가 톨스토이나 셰익스피어 작품에서 감동을 받고, 심청전을 각색한 오페라가 미국 무대에서 갈채를 받을 수도 있다.

우리 고전은 당연히 우리 민족이 살아온 궤적을 담고 있다. 그 속에 우리의 지난 역사가 있고 생활이 있고

문화와 가치관이 있다. 타인에게 관대하고 자신에게 엄격한 공동체 의식, 선비 문화 속에 녹아 있던 자연 친화 의지, 강자에게 비굴하지 않고 고난에 굴복하지 않는 당당하고 끈질긴 생명력, 고달픈 삶을 해학으로 풀어내며, 서러운 약자에게는 아름다운 결말을 만들어 주는 넉넉함……

사람과 사람, 사람과 자연의 '어울림'을 중요하게 생각했던 우리의 가치관은 생활 속에 그대로 녹아서 문학 작품에 표현되었다. 우리 고전 문학 작품에는 역사가 기록하지 않은 서민의 일상이 사실적으로 전개되며 우리의 토속 문화와 생활, 언어, 습속이 구체적으로 드러난다. 작품 속 인물들이 사는 방식, 그들이 구사하는 말, 그들의 생활 도구와 의식주 모든 것이 우리의 피 속에 지금도 녹아 흐르고 있음이 분명하지만 우리 의식에서는 이미 잊힌 것들이다.

그것은 분명 우리 것이되 우리에게 낯설다. 고전을 읽음으로써 우리는 일상에서 벗어나 그 낯선 세계를 체험하는 기쁨을 얻게 된다. 몰랐던 것을 새롭게 아는 것이 아니라 잊었던 것을 되찾는 신선함이다. 처음 가는 장소에서 언젠가 본 듯한 느낌을 받을 때의 그 어리둥절한 생소함, 바로 그 신선한 충동을 우리 고전 작품은 우리에게 안겨 준다. 거기에는 일상을 벗어 났으되 나의 뿌리를 이탈하지 않았다는 안도감까지 함께 있다. 그것은 남의 나라 고전이 아닌 우리 고전에서만 받을 수 있는 선물이다.

우리 고전을 읽어야 한다는 데는 이미 많은 사람이 공감한다. 고전 읽기를 통해서 내가 한국인임을 자각하고, 한국인이 어떻게 살아왔으며, 어떻게 살아가야 할지 알게 하는 문화의 힘을 느낄 수 있다.

하지만 고전은 지난 시대의 언어로 쓰인 까닭에 지금 우리가, 우리의 청소년이 읽으려면 지금의 언어로 고쳐 쓰는 작업이 반드시 선행되어야 한다. 우리가 쉽게 접하는 세계의 고전 작품도 그 나라 사람들이 시대마다 새롭게 고쳐 쓰는 작업을 거듭한 결과물이다. 우리는 그런 작업에서 많이 늦은 것이 사실이다. 이제라도 우리 고전을 새롭게 고쳐 쓰는 작업을 할 수 있는 것은 우리의 문화 역량이 여기에 이르렀다는 방증이다.

현재 우리가 겪는 수많은 갈등과 문제를 극복할 해결의 실마리를 고전 속에서 찾을 수 있다고 확신하면서 우리 고전을 지금의 언어로 고쳐 쓰는 작업을 시작한다. 이 작업은 여기에서 멈추지 않고 앞으로도 시대에 맞추어 꾸준히 계속될 것이다. 또 고전을 읽는 데서 끝나지 않을 것이다. 우리 고전은 우리의 독자적 상상력의 원천으로서, 요즘 시대의 화두가 된 '문화 콘텐츠'의 발판이 되어 새로운 형식, 새로운 작품으로 끝없이 재생산되리라고 믿는다.

'우리가 정말 알아야 할 우리 고전'을 기획하면서 우리는 다음과 같은 몇 가지 원칙을 세웠다.

먼저 작품 선정에서 한글·한문 작품을 가리지 않고, 초·중·고 교과서에 수록된 작품을 우선하되 새롭게 발굴한 것, 지금의 우리에게도 의미 있고 재미있는 작품을 포함시키기로 하였다.

그와 함께 각 작품의 전공 학자들이 적극적으로 참여하여 판본 선정과 내용 고증에 최대한 정성을 쏟았다. 아울러 원전의 내용과 언어 감각을 훼손하지 않으면서도 글맛을 살리기 위해 여러 차례 윤문을 거쳤다.

마지막으로 시각 효과를 높이기 위해 내용에 맞는 그림을 곁들였다. 그림만으로도 전체 작품의 흐름을 알 수 있도록 화가와 필자가 협의하여 그림 내용을 구성했으며, 색다른 그림 구성을 위해 순수 화가와 사진작가를 영입하기도 하였다.

경험은 지혜로운 스승이다. 지난 시간 속에는 수많은 경험이 농축된 거대한 지혜의 바다가 출렁이고 있다. 고전은 그 바다에 떠 있는 배라고 할 수 있다.

자, 이제 고전이라는 배를 타고 시간 여행을 떠나 보자. 우리의 여행은 과거에서 출발하여 앞으로 미래로 쉼 없이 흘러갈 것이며, 더 넓은 세계에서 더 많은 사람을 만나며 끝없이 또 다른 영역을 개척해 갈 것이다.

우리가 정말 알아야 할 우리 고전

기획 위원

차례

우리 고전 읽기의 즐거움 · 4

이춘풍전

재물을 몽땅 탕진한 춘풍 · 12

장삿길에 잔소리를 하지 마시오! · 18

평양에서 추월에게 반하다 · 21

추월의 종이 된 춘풍 · 29

남장을 한 춘풍의 아내 · 36

춘풍 아내, 추월을 징계하여 다스리다 · 43

내 아내가 나를 구했구나! · 50

배비장전

절대로 계집을 가까이하지 않겠소! •60

제주 기생 애랑이, 정비장의 생이빨을 뽑다 •65

애랑에게 홀딱 반한 배비장 •76

애랑의 집으로 가는 배비장과 방자 •91

망신당한 벌거숭이 배비장 •100

작품 해설 **남성의 성적 욕망을 바라보는 두 시선**
　　　　　-『이춘풍전』과『배비장전』 •111

이춘풍전

재물을 몽땅 탕진한 춘풍

숙종대왕*이 임금의 자리에 오른 지 얼마 되지 않은 때였다. 사람들이 서로 화목하고 풍년이 드니, 나라가 태평하고 백성이 편안하였다. 농사에 알맞게 기후가 순조로웠고 집집마다 부족함이 없이 넉넉하였다. 산에 도적이 없고 길에 떨어진 물건도 주워가지 않았으니, 흡사 중국의 요순* 시절 같았다.

서울 다락골에 이춘풍이라는 사람이 있었다. 춘풍의 부모는 서울의 큰 부자로 살림살이가 매우 넉넉했으며, 춘풍 외에는 자식이 없어 춘풍

숙종대왕肅宗大王 조선의 제19대 왕. 재위 기간은 1674~1720년이다.
요순堯舜 고대 중국의 전설상의 임금인 요와 순. 천하를 잘 다스려 태평 시대를 이루었다.

을 늘 사랑하며 귀하게 길렀다. 춘풍은 인물이 빼어난데다 풍채가 좋아 세상에 못할 일이 전혀 없었다.

그렇게 지내다가, 부모가 한꺼번에 돌아가시자, 춘풍을 타이르고 꾸짖을 사람이 주위에 아무도 없었다. 그러자 춘풍은 놀기 좋아하는 친구들과 휩쓸려 다니면서 술과 여자 그리고 노름으로 물려받은 재산 수만 금을 모두 탕진했다.

춘풍은 어찌할 수 없어 제 집으로 돌아와 아내에게 말하였다.

"집안이 가난하면 어진 아내를 생각하라고 옛글에 일렀지. 아이고! 이제 나는 어찌할꼬."

그러자 가엾고 불쌍한 춘풍의 아내가 대답하였다.

"여보, 내 말 들으시오. 대장부로 태어나서 벼슬에 뜻을 두고 과거에 급제하여 계수화* 숙여 꽂고 청라삼* 떨쳐입고 부모님께 영화*를 보이고 후세에 이름을 전한다면, 설령 집안이 망한다 해도 그럴 수 있지요. 그렇게 하지 못하면 농사에 힘써서 처자식 굶기지 말고 잘 입고 잘 먹고 지내다가, 말년에 이르러서 자식에게 물려주고 부부가 죽을 때까지 함께 지낸다면, 그도 아니 좋겠어요. 부귀공명은커녕 부모가 물려준 재산을 하루아침에 다 없애고, 그 많던 노비와 논밭을 남에게 다 넘겨주고, 처자식을 돌보지 않고 술과 여자와 노름에 빠져 밤낮으로 방탕하여 이렇게 되었는데 어찌 살자는 말을 하십니까? 마오, 마오, 그리 마오. 주색잡기* 좋아 마오. 자고로 주색잡기에 빠진 사람 중에 재산을 탕진하지 않은 이가 누가 있나요. 내 말 잠깐 들어 보세요. 미나리골 사는 이패두*는 기생을 좋아하다 신세 망쳤고, 동쪽문 밖의 오청두*도 온갖 노름 즐기다가 말년에 거지꼴이 되었지요. 남산골 화진이도 소년 부자로서 주색잡기 즐기다가 늙어서 제대로 죽지도 못하였고, 모시전* 김 부자도 술 잘 먹고 허랑하기가* 서울에 유명하더니 수만금을 다 없애고 기름 장사를 다니고 있어요. 그러니 다시는 주색잡기랑 하지 마세요."

이렇듯이 만류하니 춘풍이 대답하였다.

"자네 내 말 들어 보소. 사환*인 대실이는 술 한 잔을 못 먹어도 돈 한 푼을 못 모았고, 이각동*이는 오십이 되도록 술과 여자를 몰랐어도 남의 집 사환을 못 면했고, 탑골 복동이는 노름을 몰랐어도 수천 금을 다 없애고 굶어죽었으니, 이로 본다면 주색잡기 하다가도 못 사는 이 별로 없네. 자네 내 말 잠깐 들어 보소. 술 잘 먹는 이태백*은 매일 술을 먹었어도 한림학사* 다 지냈고, 자골전 일손이는 주색잡기 하였어도 나중에 잘 되어서 높은 벼슬하였으니, 이로 볼지라도 주색잡기 좋아하는 것은 남자의 평범한 일이라. 나도 이렇게 노닐다가 높은 벼슬하고 이름을 후세에 전하리라."

춘풍은 이런 허랑한 생각으로 끼니를 이을 수도 없이 재물을 몽땅 탕진한 것이었다. 춘풍이 할 일이 없어 그제야 자신의 잘못을 뉘우치며 아내에게 사과하고 지극정성으로 진심을 다해 빌면서 말하였다.

"자네 부디 노여워 마소. 자네 부디 서러워 마소. 내 마음 생각하니

계수화桂樹花 조선 시대에 문무과에 급제한 사람에게 임금이 하사하던 종이꽃으로 어사화라고도 한다.
청라삼靑羅衫 생명주실로 성기게 짠 푸른색의 가볍고 얇은 홑옷. 윗옷으로 입는다.
영화榮華 몸이 귀하게 되어 이름이 세상에 빛남
주색잡기 술, 여자, 노름을 한꺼번에 이르는 말
이패두李牌頭 이씨 성을 가진 패두. 패두는 하급 관직을 말한다.
오청두吳聽頭 오씨 성을 가진 청두. 청두는 하급 관직을 말한다.
모시전 저포전(紵布廛). 모시를 팔던 가게이다.
허랑하기가 언행이나 상황 따위가 허황하고 착실하지 못하다.
사환使喚 관청이나 회사, 가게 따위에서 잔심부름을 시키기 위하여 고용한 사람
이각동李閣童 이씨 성을 가진 각동. 각동은 심부름을 하던 아이
이태백李太白 중국 당나라 때의 유명한 시인인 이백(李白701~762년). 태백은 호이다.
한림학사翰林學士 중국 당나라 때 한림원에 속한 벼슬

지난날 내가 잘못한 것은 잘못했으나, 가난하여 못 살겠네. 그러니 어찌하면 좋단 말인가! 오늘부터 집안의 모든 일을 자네에게 맡길 것이니, 자네 마음대로 살림을 하되, 입고 먹는 것이나 줄어들지 않도록 해주오."

춘풍의 아내가 말하였다.

"시부모님이 물려주신 수만금을 주색잡기에 다 없애고 이 지경이 되었으니, 이후에 혹시 바느질하고 길쌈 방직*하여 돈 푼을 모은다 해도 당신이 그 무엇을 아끼겠어요."

춘풍이 대답하였다.

"자네 말이 내 약속을 믿지 못하는 듯하니 앞으로는 절대 주색잡기 하지 않을 것을 내 손으로 직접 써 주겠네."

춘풍이 종이와 붓을 내어 직접 글을 썼다.

춘풍은 주색잡기로 방탕하여 조상이 물려주신 수만금을 모두 탕진하고, 과거의 잘못을 지금에야 깨우치니 후회막급이라. 앞으로 집안의 모든 일을 부인 김씨에게 맡기노라. 김씨가 모은 재산은 수만금이라도 김씨의 재산이요, 남편 이춘풍은 동전 한 닢, 쌀 한 톨이라도 가져가지 않기로 약속하니, 만일 이후에 주색잡기에 빠져 이를 어긴다면 이 글을 가지고 관청에 가 고발을 해도 좋소.

글을 다 쓴 후 이름까지 써서 주니 춘풍 아내가 말하였다.

"이 글을 가지고 관청에 가 고발해도 좋다고 하였으나, 어찌 한 집안을 이끌어 나가는 가장을 고발할 수 있겠어요.”

춘풍이 이 말을 듣고,

‘지금 이후로 주색잡기에 빠져 이를 어긴다면 내가 내 아비의 아들이
아니다. 내가 써 준 이 글로 그 증거를 삼으라.’

하고 이렇게 고쳐서 써 주었다.

춘풍의 아내 김씨는 이를 받아 함롱*에 넣어 두고, 이날부터 집안일
을 도맡아서 관리하게 되었다. 춘풍의 아내는 능숙한 바느질과 길쌈 솜
씨로, 남의 옷도 지어 주고 옷감도 짜고 염색도 하면서 사시사철 쉴 새
없이 사오 년을 돈을 모았다. 이 돈을 이자를 놓아 수천 금이 되었으니,
먹고 입는 것이 넉넉하고 살림살이가 풍족하여 더는 바랄 것이 없었다.

길쌈 방직 길쌈과 방직(紡織). 실을 내어 옷감을 짜는 모든 일을 통틀어 이르는 말
함롱函籠 옷을 넣는, 큰 함처럼 생긴 농

장삿길에 잔소리를
하지 마시오!

춘풍은 아내 덕에 옷 잘 입고, 기름진 좋은 음식 잘 먹고 배 두드리며, 제
집에서 매일 술에 취해 있었다. 그런데 모자란 것 없이 살기가 풍족하니,
마음이 교만해져 옛날 행실이 다시 나오기 시작하였다. 거들먹거리며 호
조[*] 돈 이천 냥을 얻어내 방물군자[*]인 체하고 평양으로 장사 가려고 하니,
춘풍 아내가 이 말을 듣고 크게 놀라서 춘풍을 말렸다.

"여보시오, 서방님! 잠깐 내 말을 들어 보오. 스무 살도 되기 전에 부
모 유산을 다 써서 없앤 후, 5년 동안이나 아무 일 하지 않고 앉아만 있

호조戶曹 　조선 시대에 호적과 세금, 재물에 관한 일을 맡아 보던 관아
방물군자方物君子 　방물은 패물 따위의 여러 가지 물건. 방물군자는 물건을 파는 장사꾼을 높여 이르는 말
물정物情 　세상의 이러저러한 실정이나 형편
골수骨髓 　뼈의 중심부인 골강(骨腔)에 가득 차 있는 물질. 마음속 깊은 곳을 비유적으로 이르는 말

어 세상 물정°도 모르지 않소. 그러니 평양 장사를 가지 마오. 내가 평양 물정을 들으니, 그곳은 매우 번화하고 사치한 곳으로, 화려하게 꾸민 아리따운 기생들이 고운 노래 부르며 돈 많고 허랑한 자들을 꼬드겨 세워 두고 벗긴다 하니, 제발 부디 가지 마오."

지극정성으로 만류하니 춘풍이 말하였다.

"나 또한 사람이오. 스무 살 전에 집안을 망하게 하고 원통함이 골수°에 박혔네. 허나 천금을 잃었더라도 다시 회복할 수 있다는 말이 있지 않은가. 매번 그렇지는 않을 것이네. 속히 다녀오겠네."

"전에 글을 써서 내게 맡긴 것을 그새 잊으셨나요. 입고 먹는 것은 나만 믿고 편안히 앉아 있으시오. 부디 부디 가지 마오."

춘풍은 아내의 말을 듣고 크게 화가 나 착한 아내의 머리채를 비단 감듯, 연줄 감듯, 사월 초파일 등대* 감듯, 뱃사공이 닻줄 감듯, 휘휘 칭칭 감아쥐고 이리 치고 저리 친다.

"천 리 먼 길 장삿길에 요망한 계집이 잔소리를 이리 하니, 이런 부정 탈 일이 또 있나."

제 아내를 윽박지르고 집안 재물 다 털어서 말에 싣고 떠나니, 불쌍한 춘풍 아내가 아무리 말려도 어찌할 수 없었다.

등대 등을 달기 위해 세우는 긴 대

평양에서 추월에게 반하다

춘풍이 말을 빌려 길을 떠났다. 좋은 말 반부담*에 온갖 것을 갖추어 차리고 호랑이 가죽 밑에 깔고 높이 앉아 의기양양하게 평양으로 내려갔다. 서소문, 무악재 얼른 지나 평양으로 향할 제, 청석골 다다르니 정신이 상쾌하였다.

좌우 산천을 바라보니 이때는 꽃피는 춘삼월 좋은 시절이었다. 고을마다 꽃이 날려 푸른 계곡물에 떨어지고, 수양버들 늘어진 가지마다 꾀꼬리 날아들었다. 한 편을 구경하니, 늙은 고목나무, 상사나무, 계수나무, 반송나무 등 여러 나무 있는 중에 늘어진 버드나무 가지는 봄바람에 흥에 겨워 우쭐우쭐 춤을 추었다. 또 한 편을 바라보니, 각양각색 예

반부담 물건을 담아서 말에 실어 운반하는 자그마한 농짝이나 짐짝

쁜 새들이 제 각각 봄을 노래하며 울었다.

춘풍은 가는 말을 재촉하고, 피는 꽃과 푸른 잎은 산등성이를 가리고, 나는 나비와 우는 새는 봄 날씨를 희롱하였다. 동선령을 바삐 넘어 황주 병영* 구경하고, 점심때쯤 평양을 바라보며 형제교를 빨리 지나 십리장림을 거쳐 대동강*에 다다라서 모란봉*을 쳐다보니 그 아래로 부벽루*가 둘러 있었다. 풍광도 좋을시고 대동문*, 연광정*! 천하제일 강산이 여기로구나. 기자* 단군*의 터전을 지키고 있는 보통문*도 아직 있고, 정자도 좋거니와 영명사*는 더욱 좋다. 성 안에 들어서니 사람이 사는 집들도 번성하고 형편도 번화하였다.

춘풍의 움직임을 좀 보아라. 최성루 돌아들어 좌우 산길 구경하고, 또 한 편 바라보니 옛날 마음이 절로 난다. 이런 재앙이 또 있는가. 기생집 앞을 썩 지나서 객사* 동편에 자리 잡은 후 수천 냥 실어온 돈을 차례로 들여놓고 삼사일 지내면서 물정을 살피더니, 하루는 난간에 기대어 서서 한 집을 바라보았다.

그 집을 보니 그 안을 꾸며 놓은 형색도 좋은데, 저 집주인은 평양의 미인 기생 추월이라. 얼굴도 일색*이오, 노래도 명창이니, 나이는 십오 세라. 성 안의 호걸들과 팔도의 소년 한량*들이 추월을 한번 보았다 하면 수삼백 냥씩 쓰기를 물같이 쓰는구나.

이때 추월은 서울의 큰 부자인 이춘풍이 수천 냥을 싣고 와서 뒷집에 머무른다는 말을 듣고 넌지시 춘풍을 홀리려고 벽계수* 맑은 물 위에 창문을 반쯤 열고 곱게 옷을 차려입고 마치 아무것도 모르는 듯이 앉아 있었다. 춘풍이 추월의 그 모습을 얼핏 보니, 추월의 얼굴은 푸른 하늘의 밝은 달과 같았고, 모란꽃이 아침 이슬에 반쯤 핀 모습이요, 그 묘한 맵시를 보면 월궁*의 항아* 같았다. 천생 생긴 태도는 앵두꽃이 무르녹고 아미산 조각달이 맑은 강에 비치는 것 같았고, 서시*가 살아나고 양귀비*가 다시 온 듯하였다. 집안에 혼자 앉아 오동나무 거문고를 무릎 위에 얹어 놓고 사마상여*가 탁문군을 꾀어낼 때 연주했던 봉황곡을 둥흥동동지동당 타는 소리에 춘풍은 온 몸이 황홀하여 추월을 향한 마음이 절로 났다. 본래 계집이라 하면 화약 한 짐을 지고 모닥불에 뛰어드는 성정이니, 춘풍의 정신이 있는 대로 모두 추월에게로 향하였다.

병영兵營 병마절도사가 있던 영문(營門)
대동강 평양에 있는 강. 동백산, 소백산에서 시작하여 황해로 흘러 들어간다.
모란봉 평양 북쪽에 있는 작은 산
부벽루 평안남도 평양시 모란대(牡丹臺) 밑 청류벽(淸流壁) 위에 있는 누각
대동문 평양시에 있는 내성(內城)의 동문(東門)
연광정 평양의 대동강(大同江) 가에 있는 누각
기자 고조선 때에 있었다고 하는 전설상의 기자 조선의 시조(始祖)
단군 우리 민족의 시조로 받드는 태초의 임금
보통문 평양성 중성의 서문
영명사 평양 금수산(錦繡山)에 있는 절
객사客舍 나그네를 치거나 묵게 하는 집
일색一色 뛰어난 미인
한량閑良 돈 잘 쓰고 잘 노는 사람을 이르는 말
벽계수碧溪水 물빛이 맑아 푸르게 보이는 시냇물
월궁月宮 전설에서 달 속에 있다는 궁전
항아姮娥 궁중에서, 상궁이 되기 전의 어린 궁녀를 이르던 말
서시西施 중국 춘추 시대 월나라의 미인. 오나라에 패한 월나라 왕 구천이 서시를 부차에게 보내어 부차가 그 용모에 빠져 있는 사이에 오나라를 멸망시켰다.
양귀비楊貴妃 중국 당나라 현종(玄宗)의 비(妃)(719~756년). 이름은 옥환(玉環). 도교에서는 태진(太眞)이라 부른다. 춤과 음악에 뛰어나고 총명하여 현종의 총애를 받았으나 안녹산의 난 때 죽었다.
사마상여 중국 전한(前漢)의 문인(기원전 179~기원전 117년). 탁문군과의 사랑으로 유명하다.

추월을 찾아가는 춘풍의 거동 보소. 유비*가 제갈공명 찾아가듯, 서왕모* 요대로 주목왕 찾아가듯, 위수 강가에 강태공*을 주문왕이 찾아가듯, 제갈공명*이 군사를 얻으러 강동으로 찾아가듯, 도연명*이 심양을 찾아가듯, 기러기가 동정호*를 찾아가듯, 꾀꼬리가 버드나무를 찾아가듯, 꽃과 나비가 꽃밭을 찾아가듯, 갈짓자 걸음으로 중문 안에 들어섰다.

추월의 거동 보소. 춘풍이 오는 모습을 얼른 보더니 아리따운 얼굴을 가볍게 들고 층계 아래로 내려서서 춘풍의 비단 적삼을 휘어잡고 난간으로 올라선다. 춘풍이 난간에서 좌우를 살펴보니 집 꾸며 놓은 것이 황홀하였다.

집 안에 들어가니 널찍한 대청마루 앞뒤로 툇마루를 놓았는데, 이층 난간이 맵시 있게 둘러 있었다. 방 안을 살펴보니 장판과 반자, 만자卍

유비 중국 삼국 시대 촉한의 제1대 황제(161~223년). 자는 현덕(玄德). 시호는 소열제(昭烈帝). 후한의 영제(靈帝) 때에, 황건적을 쳐서 공을 세우고, 후에 제갈량의 도움을 받아 오나라의 손권과 함께 조조의 대군을 적벽(赤壁)에서 격파하였다. 후한이 망하자 스스로 제위에 오르고 성도(成都)를 도읍으로 삼았다.
서왕모 중국 신화에 나오는 신녀(神女)의 이름. 불사약을 가진 선녀라고 하며, 음양설에서는 일몰(日沒)의 여신이라고도 한다. 주(周)나라 목왕(穆王)이 서왕모(西王母)와 요대(瑤臺)에서 만난 일이 유명하다.
강태공 중국 주나라 초엽의 조신인 '태공망(太公望)'을 그의 성(姓)인 강(姜)과 함께 이르는 말. 문왕이 그를 찾아간 일이 유명하다.
제갈공명 제갈량. 중국 삼국 시대 촉한의 정치가(181~234년). 공명(孔明)은 자(字). 시호는 충무(忠武). 뛰어난 군사 전략가로, 유비를 도와 오(吳)나라와 연합하여 조조(曹操)의 위(魏)나라 군사를 대파하고 파촉(巴蜀)을 얻어 촉한을 세웠다. 유비가 죽은 후에 무향후(武鄕侯)로서 남방의 만족(蠻族)을 정벌하고, 위나라 사마의와 대전 중에 병사하였다.
도연명 중국 동진의 시인(365~427년). 이름은 잠(潛). 호는 오류선생(五柳先生). 연명은 자(字). 405년에 팽택현(彭澤縣)의 현령이 되었으나, 80여 일 뒤에 「귀거래사」를 남기고 관직에서 물러나 귀향하였다. 자연을 노래한 시가 많으며, 당나라 이후 육조(六朝) 최고의 시인이라 불린다. 시 외의 산문 작품에 「오류선생전」, 「도화원기」 따위가 있다.
동정호 중국 후난 성(湖南省) 북동쪽에 있는 호수. 샹장(湘江) 강, 쯔수이(資水) 강, 위안장(沅江) 강 따위가 흘러들며 호수 안에는 웨양루(岳陽樓) 따위가 있어 아름다운 경치로 유명하다.

亞 모양의 창이 깔끔한데 산수 그린 병풍과 미인도가 아름다웠다. 원앙 금침 반듯하게 개여 잣베개*를 올려놓고 대나무 수묵화 벽장문에 붙여 놓고 여기저기 옛사람의 명문을 써 붙였다. 불 밝힌 놋 촛대, 요강, 타구*, 재떨이, 청동화로, 화류장*을 여기저기 벌려 놓고 좋은 옷을 옷걸이에 걸어 놓았구나.

추월의 거동 보소. 눈웃음을 살짝 지으며 손님을 맞이해 앉은 모양이 아리따웠다. 고운 자태는 팔자 눈썹에 옅은 화장으로 다스리고 삼단 같은 머리채는 휘휘 슬슬 흘려 빗어 봉황을 아로새긴 금비녀로 단장했다. 추월의 의복 치레 보아라. 흰 비단 바지, 주단으로 지은 단속곳, 명주 깨끼적삼, 남색 비단 치마 잔주름 잡아 떨쳐입고 진귀한 노리개를 찼다. 향이 나는 패물, 금도끼 모양의 패물을 줄룩줄룩 얽어 차고 명주 겹버선에 꽃을 수놓은 가죽신 신고 붉은 입술 하얀 치아 반쯤 보이게 웃는 모습은 봄바람에 꽃 필 때 반만 핀 붉은 연꽃 같았다. 옥같이 고운 손으로 담배 연초 설설 펴서 얼른 담아 숯불에 불을 붙여 춘풍에게 드리니, 향내가 그윽하였다. 춘풍이 받아들고 말하였다.

"나도 서울에서 나고 자라면서 기생들과 좋은 인연을 많이 맺었지. 평양으로 내려와서 객지생활이 적막하니, 내 신세 참으로 불쌍하네. 오늘 밤은 여기서 잘 것이니, 너는 나를 부끄러워 말라."

추월이 춘풍의 말에 잠깐 웃고 말하였다.

"멀고 먼 서울에서부터 별일 없이 편안히 오신 것입니까? 뒷집에 거처를 정하고 사오일 머무르시면서 어이 그리 더디 오셨나요."

추월이, 이말 저말 다 버리고, 술상을 차려오라 분부하니, 술상이 들어왔다. 국화 새긴 통영반*에 주전자를 올려놓고, 홍합, 생선찜, 오색사탕, 꿀에 재운 귤, 대추며 반달 같은 계피떡, 먹기 좋은 꿀합떡, 보기 좋은 화전에 찹쌀가루를 기름에 지진 떡을 웃기*로 괴여 놓고, 꺽꺽 우는 산꿩을 잡아 영계찜과 전복을 갖추어 곁들이고, 밤, 곶감, 은행, 대추, 청포도, 흑포도며 머루, 다래, 유자, 석류, 감자, 능금, 참외, 수박을 갖추어 놓았다. 또한 온갖 진귀한 술병에 포도주, 국화주, 과하주, 백일주, 황소주, 일년주, 계당주, 감홍로, 연엽주, 송엽주를 담아 갖춰 놓고, 앵무새 그려진 예쁜 잔에 고운 손으로 졸졸 퐁퐁 가득 부어 춘풍에게 올렸다. 술잔을 받더니 춘풍이 말하였다.

"평양이 작은 강남*이라고 들었으니, 술 권하는 노래나 들어 보세."

추월이 붉은 입술을 반쯤 열어 맑은 목소리로 노래를 불렀다.

"잡으시오, 잡으시오, 이 술 한 잔 잡으시오. 백 년을 살아도 걱정과 즐거움을 반으로 나누면 백 년이 못 되니 권할 적에 잡으시오. 백 년도 못 살 인생 아니 놀고 어이할까. 이 술은 술이 아니라 한무제*의 승로반*에 이슬 받은 것이오니 쓰건 달건 잡으시오. 풀잎에 이슬 같은 우리

잣베개 색색의 헝겊 조각을 조그맣게 고깔로 접어 돌려 가며 꿰매 붙여 마구리의 무늬가 잣 모양으로 되게 만든 베개
타구 가래나 침을 뱉는 그릇
화류장 나무껍질이 자주색인 자단의 목재로 만든 장롱
통영반統營盤 경상남도 통영 지방에서 만든 소반
웃기 떡, 포, 과일 따위를 괸 위에 모양을 내기 위하여 얹는 재료
강남 중국 양쯔 강(揚子江)의 남쪽 지역을 이르는 말. 풍요롭고 미인이 많아 놀기 좋은 곳으로 알려져 있다.
한무제漢武帝 서한의 제 7대 황제. 본명은 유철. 통치 기간 동안 강력한 중앙집권제를 구축해 서한 시기에 가장 흥성한 국가를 이룩했다. 또 흉노를 몰아내고 장건으로 하여금 서역을 개척하게 했다.
승로반承露盤 하늘에서 내리는 장생불사의 감로수를 받아먹기 위하여 만들었다는 쟁반

인생 한번 돌아가면 누가 한번 먹자 할까. 살았을 때 먹으오리다."

춘풍이 주는 대로 받아먹고 흥에 겨워 말하였다.

"추월아! 나와 함께 부부의 인연을 맺어 볼까."

추월이 대답하였다.

"오얏꽃, 복숭아꽃 활짝 핀 봄에 봄바람(춘풍春風)도 좋거니와 이슬 내리고 맑은 바람 불고 국화꽃 피는 가을에 가을달(추월秋月)이 밝았으니 봄바람이 더욱 좋네. 진심이라면 추월과 춘풍, 부부의 인연을 맺어 볼까!"

춘풍이 추월의 뒷말을 이어받았다.

"추월아! 너는 추월이요, 나는 춘풍이니, 우리 둘이 배필 되면 천지가 변한다 해도 바람과 달이야 변하겠느냐?"

추월이 대답하였다.

"서방님! 추월과 춘풍 배필 되니, 대동강 물이 마른다 해도 추월의 마음이 변하겠어요? 청풍명월 깊은 밤에 두 사람의 마음은 두 사람이 알고 있지요. 꽃과 버들에 날아드는 벌과 나비입니다. 이렇게 좋은 연분이 어찌 이제야 만났을까요?"

추월의 종이 된 춘풍

추월에게 크게 반해 마음이 허랑해진 춘풍은 장사에는 마음이 없고 이천 오백 냥을 물 쓰듯이 마음대로 썼다. 늘 술을 마시고 노래를 들으며 밤낮으로 놀기만 하였다. 이때 추월은 춘풍의 수천 냥을 뺏으려고 아양을 떨며 말하였다.

"좋은 비단이 있다니 초록 저고릿감, 날 사 주시오. 은장식과 금비녀와 노리개, 날 사 주시오. 소반, 주전자, 화로, 양푼, 대야, 날 사 주오. 동래 밥상, 안성 유기 그릇, 날 사 주오. 요강, 타구, 냄비, 청동화로, 날 사 주게. 은 담뱃대, 금담뱃대 날 사 주게. 전복, 문어, 안주하게 날 사 주게. 황해도 연안, 백천의 맑은 물로 농사지은 좋은 쌀을 날 사 주게. 동래 울산의 미역과 김도 날 사 주게."

수만 가지 말해도 허랑한 춘풍은 조금도 사양하지 않고 수천 냥의 돈을 계속 해서 내어 주니, 청산에 흐르는 물이 아니니 어찌 오래갈 수 있겠는가. 채 1년이 못 되어 돈주머니가 비었다. 철없는 춘풍은 아무 걱정도 없이 추월에게 모든 걸 맡겨 두고 배부르게 누워 있으니, 추월의 간사한 계획을 조금도 알 리 없었다.

추월이 하는 짓 좀 보소. 결국 춘풍의 재물을 다 빼앗고 괄시하며 내쫓으니, 춘풍의 슬픈 모습이 가련하구나. 춘풍을 만나면,

"내 눈에 보기 싫다."

싫증내며 내치니, 춘풍은 성 안 성 밖 한량들에게 의논하였다.

"내가 장작인가 아니면 은촛댄가, 썩은 나무뿌리던가. 이렇게 할 줄을 진작 왜 몰랐던가."

"어디로 가려 하시오. 노잣돈이 부족하면 보태드리지요."

추월이 돈 한 냥을 내어 주며 바삐 나가라 재촉하니, 춘풍의 거동 보소. 분한 마음 폭발하여 추월에게 말하였다.

"우리 둘이 갓 만나서 원앙금침에 마주 누어 대동강이 마르도록 떠나가지 말자고 태산같이 언약했더니, 이렇듯 깊은 맹세 농담인가 진정인가. 이제 이말 웬 말인가."

추월이 이말 듣더니 얼굴색이 변하며 말하였다.

"이 사람이 내 말을 들어 보소. 세상 물정 몰랐던가. 나와 언약한 이가 한둘이 아니라네. 길거리 버들가지, 담장 위 꽃은 누구든지 꺾을 수 있는 법. 평양 기생 추월이의 소문을 몰랐던가, 자네가 가져온 돈을 나 혼자만 먹었던가?"

이같이 구박하여 등을 밀치며 어서 바삐 가라 하니 춘풍이 분한 중에 탄식하며 비켜서서 이리저리 생각하니 불쌍하고 한심하였다. 집으로 가려고 하니 면목이 없어 돌아가지 못하겠고 처자식 보기도 부끄러웠다. 또한 호조 돈 이천 냥을 빌렸다가 한 푼도 없이 돌아가면 옥에 갇힌 채 무거운 죄를 받아 속절없이 죽겠으니, 서울로도 못 가겠고 떠돌아다니며 구걸을 하자 하니 그도 못하겠다. 천 리 길을 가려 해도 노자 한 푼 없으니 그 또한 못하겠다. 이를 장차 어찌하리, 이럴 줄을 몰랐던가. 후회막급이로다. 대동강 깊은 물에 풍덩 빠져 죽자 하니 그도 차마 못하겠고 목을 매어 죽자 하니 이도 차마 못하겠네. 답답한 이 일을 어찌하면 좋단 말인가. 평양성 거지 되어 이집 저집 구걸하려니 남녀노소 할 것 없이 이놈 저놈 꾸짖을 것이라, 구걸도 못하겠네. 어디로 가면 좋단 말인가. 이리 저리 생각하다가 결국 추월 앞에 나아가 앉아 간절히 빌었다.

"추월아. 추월아. 내 말 잠깐 들어 보아라. 우리 조선이 인정이 있는 나라인데, 어찌 그리 인정 없이 나를 내치느냐. 날 살려라. 날 살려라. 내가 자네 집에 다시 들어가 물이나 긷고 불 심부름이나 하면 어떻겠느냐."

추월이 그 말 듣고 춘풍을 향해 눈을 흘기면서 말하였다.

"여보시오. 이 사람아! 자네가 옛날 행실을 못 고치고 허튼 소리나 하려면 내 집 다시는 오지 마시오."

이렇듯이 구박하니 춘풍의 입에서는 할 수 없이 '아가씨'라는 말이 절로 나고 존댓말이 절로 나왔다. 춘풍이 이날부터 추월의 집 잡일을 도

맡아 하니 사는 게 죽느니만 못하였다. 어찌 가련하지 않으리오.

그렇게 지내면서 누더기 차림으로 이리 저리 다니는 그 모습을 보니 종로의 상거지가 따로 없었다. 아침저녁 먹는 모습을 보면, 이 빠진 헌 사발 누른 밥에 된장덩이 제격이라. 수저도 없이 뜰아래나 부엌에 서서 밥을 먹으며 자기 신세를 스스로 생각하니 목이 메여 못 먹겠다.

한량들은 밤낮으로 청산에 구름 모이듯, 불공들일 때 중들 모이듯, 시장판에 장사치 모이듯, 추월의 집으로 모여들어 온갖 희롱을 다하였다. 술상에 좋은 술과 안주가 넘쳐흐르고 노래를 화답하며 한창 흥겹게 놀고 있을 때에, 춘풍의 거동 보소. 뜰아래서 방 안을 엿보니 눈은 풍년이나 입은 흉년이었다. 제 신세를 생각하고 노래한다.

"세상사 가소롭다. 나도 서울 대장부 왈자로 술에 취해 어여쁜 여인의 춤과 노래에 홀려 수만금을 낭비했도다. 이 시골 평양까지 내려와서 추월과 떨어지지 말자고 했다가 결국 이 지경이 되었으니, 세상사 가소롭다."

이때는 추운 겨울이라 해는 서산으로 떨어지고 바람은 솔솔 불고 달빛은 조용하였다.

"울고 가는 저 기러기야 내 말을 한번 들어 보고 내 고향에 전해다오. 우리 처자가 그리워라. 나를 그리다가 죽었는가, 살았는가? 이리 저리 생각하니 대장부 애간장이 다 녹는구나. 그런 정 저런 정 다 버리고 전에 하던 노래나 하여 보세."

"매화야 옛 나무 밑동에 봄철이 돌아온다. 필 것도 같다마는 흰눈이 아직 흩날리고 있으니 피지 마라. 어화, 세상사 가소롭다."

춘풍이 「매화사」를 부르는데, 추월의 방에 놀던 한량들이 듣고 의심하니, 추월이 걱정이 되어 말하였다.

"내 집에 머슴살이 하는 서울 이춘풍이라는 놈이 소리를 하는 것이니, 신경 쓰지 마소서."

한량들이 이 말 듣더니,

"서울 산다 하니 불쌍하다."

하고, 술 한 잔을 가득 부어 주었다. 춘풍이 감지덕지하여 받아먹으니 참으로 불쌍하기 짝이 없었다.

남장을 한 춘풍의 아내

춘풍의 아내는 춘풍과 이별한 후 밤낮으로 춘풍을 생각하였다.

"멀고 먼 큰 장삿길에 희망을 얻어 평안히 돌아오기를 밤낮으로 기다리겠어요."

이렇듯 기원하며 기다렸으나 춘풍은 아니 오고 바람에 실려 들려오는 소문이 흉흉하였다. 서울 사는 이춘풍이 평양에 장사하러 내려가 추월을 첩으로 두고 호강하며 놀다가 결국 수천 금의 재물을 다 없애고 추월에게 구박받으며 머슴살이를 한다는 것이었다. 춘풍의 아내는 이 소문을 듣고 가슴을 두드리며 통곡하였다.

"애고 애고, 이 말이 웬 말인고. 슬프다! 내 가장은 남과 달리 어찌 그리 허랑한고. 기생놀음에 한 번 살림이 망하기도 어렵거든 귀한 나랏돈을 빌려가지고 천 리 타향에 가서 또 실패한단 말인가. 아이고, 답답해

라. 누구를 바라보고 살란 말인가. 전생에 무슨 죄를 지었기에 여자로 태어나 남편 한번 잘못 만나 평생 고생하는구나. 어찌하여 살란 말인가. 타고난 이 팔자 죽기도 어렵도다. 여자로 태어나서 이런 팔자 또 있는가. 염라대왕은 저승사자를 빨리 보내어 내 목숨을 잡아가오."

그러더니 다시 이를 갈며 말하였다.

"평양에 가서 추월의 집 찾아 내 직접 달려들어 추월의 머리채를 감아쥐고 춘풍에게 달려들어 허리띠에 목을 매어 죽으리라."

악을 내어 울다가 다시 또 생각하였다.

"이리도 못하겠노라. 어이하여 살란 말인가. 내 가장을 서울로 데려다가 살려 해도 어찌할지 모르겠네. 아무리 생각해도 할 수가 없다. 소년 시절 집을 망하게 해, 내 한 몸 돌아보지 아니하고 밤낮으로 품을 팔아 온갖 빚을 다 갚았네. 먹을 것 입을 것 걱정하지 말고 우리 부부 백년 화락*하자고 했더니, 원수로다, 원수로다, 평양 장사 원수로다."

이렇듯이 지내더니, 뒷집에 참판 댁 맏아들이 과거 급제하여 온갖 높은 벼슬을 다 지내고 올해에 평양감사 간다는 말 듣고, 춘풍 아내가 꾀를 내었다. 그 댁이 가난하여 많은 식구가 어렵게 살고 있다는 것을 알고 춘풍 아내가 그 댁에 들어가 보니, 후원 별당 깊은 곳에 참판의 대부인이 평상에 누워 있는데 먹는 것조차 부실하여 모습이 초췌하였다. 춘풍의 아내가 생각하였다.

'이 댁에 붙어 있으면서 남편을 살려내고 추월에게 설욕하리라.'

화락 화평하고 즐거움

마음을 단단히 먹고 바느질품을 팔아 얻은 돈냥 다 들여서 참판 댁 대부인께 아침저녁으로 진지를 차려 가니, 대부인이 때마다 받아먹고 감지덕지하였다.

'이 깊은 은혜를 어찌할꼬.'

밤낮으로 근심하더니, 하루는 춘풍의 아내에게 말하였다.

"형세가 어려워 바느질로 살아간다고 하는데, 날마다 진짓상을 차려 오니 먹기는 좋다마는 도리어 불안하구나."

춘풍의 아내가 여쭈었다.

"집에 음식이 있어 혼자 먹기 어렵기로 마님 잡수실까 하여 드린 것 이오니 황송하옵니다."

대부인이 이 말을 듣고 사랑하고 기특히 여겨 춘풍의 아내를 특별하게 생각하였다.

하루는 참판이 대부인께 문안을 아뢰었다.

"요사이 무슨 좋은 일이 계신지 기쁨이 얼굴에 가득하십니다."

"앞집의 춘풍의 아내가 좋은 음식상을 연일 차려 오니 내 기운이 절로 난다. 그 여인의 정성에 날마다 감격하는구나."

참판이 이 말을 듣고 춘풍의 아내를 청하여 칭찬하였다.

그러던 중 참판이 평양감사를 가게 되었다. 춘풍의 아내가 대부인께 공손히 여쭈었다.

"이번에 하늘이 도와 평양감사를 하셨으니 이런 경사가 또 어디 있겠습니까."

"나도 평양으로 가려 하니 너도 함께 나서서 춘풍이도 찾아보고 구경이나 하는 것이 어떠하냐."

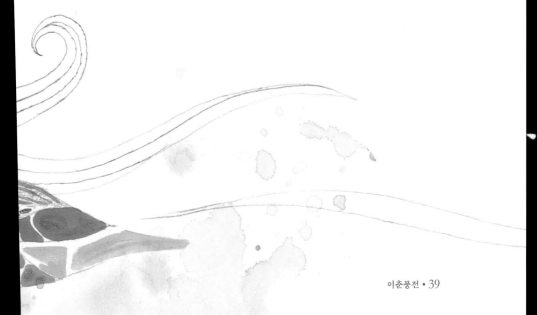

"저는 괜찮으나 저에게 오라비가 있사오니 비장* 한 자리 주시기 바라나이다."

"네 청을 어찌 아니 들어주겠느냐."

그러고는 감사께 부탁하니 감사가 허락하였다.

"제가 비장을 할 마음이 있으면 바삐 움직이도록 하라."

춘풍의 아내는 없는 오라비가 있다 하고 제가 손수 가려고 여자 옷 벗어 놓고 남자 옷으로 치장하니 영락없는 남자였다. 감사 댁에 들어가서 저녁노을 질 때를 기다려서 다과상을 특별히 차려 대부인께 드리며 엎드려 여쭈었다.

"춘풍의 아내 문안드리나이다."

부인이 놀라 의아해하며,

"춘풍의 아내라면 그 남자 옷은 무슨 일이냐?"

하니, 춘풍의 아내가 여쭈었다.

"소첩의 지아비가 방탕하여 기생에게 빠져 두세 번 집안을 망하게 하였사옵니다. 호조 돈 이천 냥을 얻어 평양에 장사 가서 추월을 첩으로 얻어 아침저녁으로 즐기다가 이천 오백 냥 돈을 추월에게 다 없애고 추월의 집 머슴이 되었다 하기에, 사또 덕택으로 비장이 되어 내려가서 추월에게 설욕하고 호조 돈을 정리하여 지아비를 데려다가 백년동락하고자 하옵니다. 이 모든 것이 마님 덕분이니 의심 없이 믿어 주시옵

비장裨將　조선 시대에 감사(監司)·유수(留守)·병사(兵使)·수사(水使)·견외 사신(使臣)을 따라다니며 일을 돕던 무관 벼슬

소서."

대부인 다 듣고 난 후 크게 웃으며 말하였다.

"네 말이 그러하니 불쌍하고 가련하다. 소원대로 하여 주마."

이때 마침 감사가 안으로 들어오다가 이 모습을 보고 크게 노하여 호령하였다.

"이놈이 어떤 놈이기에 마음대로 이곳에 출입하느냐. 저놈을 어서 묶어라."

천둥같이 분부하니, 대부인이 웃으며 감사더러 춘풍의 아내 일을 자세히 이르셨다. 감사가 크게 기뻐한 후 당장에 불러올려 기특하다 칭찬하였다. 좌우를 불러 비밀을 지키라 이르고는 삼일 잔치를 연 후에 남장을 한 춘풍 아내의 모습을 보이니 감사를 빼고는 다 처음 보는 얼굴이라, 수군대며 말하였다.

"회계비장 잘도 났다마는 수염이 없으니 그것이 흠이로다."

춘풍 아내,
추월을 징계하여 다스리다

그날로 길을 떠날 적에 그 모습이 찬란하고 엄숙하였다. 비장, 아전 거느리고 말을 타고 가마를 몰아 호기 있게 평양으로 내려갔다. 홍제원 바라보고 구파발 지나 파주읍에 숙소하고 영산강 다다라서 강산 경치 구경한 후 장단읍에서 점심 먹고 금천, 남창, 홍주원 지나 구월산에 다다르니 산세도 기묘하였다. 봉산에서 점심 먹고 동선령 지나 황주에 숙소하고 형제교에 다다르니, 관원들이 늘어서 있고 군악대의 삼현육각° 소리 산천을 진동하였다. 대동강변에 다다라 대동문 들어갈 제 전후좌우 구경꾼이 인산인해 모여 있었다. 감사가 동헌에 들어가 자리에 앉으

삼현육각 피리가 둘, 대금, 해금, 장구, 북이 각각 하나씩 편성되는 풍류. 감상의 성격을 띨 때는 '대풍류'라 한다.

니 방포* 소리 세 번 울린 후에 기생 백여 명이 인사를 올렸다.

하루는 감사께서 회계비장더러 농담으로 조롱하였다.

"조그만 지방 비장들까지도 기생 수청*을 두는데, 자네는 평양 같은 물색 좋은 곳에서 독수공방한다 하니 그 말이 참말인가."

회계비장이 여쭈었다.

"소인은 사오 년을 혼자 지낸 터에 여인에 뜻이 없나이다."

회계비장 숨은 뜻을 감사밖에 누가 알 터인가. 맡은 일을 진실하게 하니 기특하게 여겨, 이에 감사가 날로 믿어 일마다 맡겼다. 여러 달 만에 수만 냥을 상으로 받았으며 회계비장을 칭찬치 않는 사람이 없었다.

회계비장은 춘풍과 추월의 일을 자세히 염탐했다. 하루는 회계비장이 추월의 집을 찾아가서 중문*으로 들어가니 물통을 지고 있는 저놈, 말하기도 참혹하고 모양도 가련하였다. 머리털이 쑥대강이같이 헙수룩하게 마구 흐트러지고 얼굴조차 씻지 못해 추잡하기 그지없었다. 3년이나 빨지 않은 옷을 기워서 입고 앉은 것이 제 서방인줄 알았으되 춘풍이야 제 아내인 줄 어찌 알리오.

회계비장이 슬프고 분한 마음을 추스르고 추월의 방에 들어가니, 간사한 추월이 회계비장을 또 홀리려고 교태하여 수작하다가 진수성찬을 차려 내왔다. 회계비장은 조금 먹는 체하더니 거지꼴인 머슴에게 내어

방포 군중(軍中)의 호령으로 포나 총을 쏘는 일
수청 아녀자나 기생이 높은 벼슬아치에게 시중을 들던 일. 또는 그 아녀자나 기생을 말한다.
중문 가운데뜰로 들어가는 대문

주었다.

"불쌍하다, 네가 본디 거지냐. 네 어찌 몰골이 그 모양이냐."

춘풍이 엎드려 말하였다.

"소인도 서울사람으로 여기로 온 사정이야 어찌 다 여쭈오리까. 나리 잡수시던 다과상을 소인 같은 천한 놈을 주시니 그 은혜 감개무량 하나이다."

회계비장이 웃으며 처소로 돌아와서 수일 후에 사령*을 불러 춘풍을 잡아들이라 분부하였다. 춘풍을 형틀에 올려 매고,

"네 이놈, 들으라. 네가 이춘풍이냐?"

물으니, 춘풍이 말하였다.

"과연 그러하오이다."

"귀중한 호조 돈 수천 냥을 사오 년이 되도록 한 푼도 갚지 아니하니 너는 그 돈을 다 어찌하였느냐. 매우 쳐라."

분부하니, 사령이 매를 들고 십여 대를 세게 쳤다. 춘풍의 다리에서 피가 흘러 여기저기 흩어지거늘 회계비장이 보고 차마 더 치지는 못하게 하였다.

"춘풍아, 네 그 돈을 어디다 없앴는지 바른대로 말해라."

"호조 돈을 가지고 평양에 와서 1년을 추월과 놀고 나니 한 푼도 남지 않았습니다. 다른 데는 한 푼도 쓴 일이 없사옵니다."

회계비장이 이 말을 듣고 이를 갈며 추월을 바삐 잡아들이라 사령에

사령 조선 시대에 각 관아에서 심부름하던 사람

게 분부하였다. 추월을 형틀에 올려 매고,

　"특별히 매를 골라잡아, 조금도 사정없이 매우 쳐라."

호령하여 십여 대를 엄중히 다스린 후,

　"이년 어서 말하라, 네 죄를 모르느냐."

다그치니, 추월이 정신이 아득하여

겨우 여쭈었다.

"춘풍의 돈은 소녀가 모르는 일이옵니다."

회계비장이 화를 크게 내며 분부하였다.

"네 어찌 모르겠느냐. 막중한 호조 돈을 춘풍에게 뜯어내 네가 썼거늘 무슨 잔말을 하느냐. 너를 쳐서 죽이리라."

오십 대를 치며 서리같이 호령하니, 추월이 기가 막혀 질겁하고 몹시 놀란 채로 말하였다.

"나랏돈이 중하고 관의 명령이 지엄하니 분부대로 춘풍의 돈을 다 물어 바치겠나이다."

회계비장이 이르되,

"호조에서 지시하여 너를 죽이라 하였으나, 네가 먼저 죄를 알고 돈을 다 가져와 바친다 하니, 너를 살려 주겠다. 하지만 호조 돈을 이자 붙여 오천 냥을 바쳐라." 하니,

"열흘만 여유를 주시면 오천 냥을 바치리다."

추월이 다짐을 써서 올리니, 회계비장 추월을 형틀에서 내려놓고 춘풍에게 일렀다.

"십일 내에 오천 냥 받아가지고 서울로 올라가거라. 내가 사정이 있어 먼저 올라가니 내 뒤를 따라 올라와 나를 찾아오라."

"나리 덕택에 호조 돈을 다 정리하오니 은혜를 어찌 잊겠소이까. 백골난망*이옵니다. 서울 가서 댁에 먼저 문안하오리다."

회계비장이 감사께 여쭈되,

"추월에게 치욕을 갚고 남편도 찾았고 호조 돈도 정리하였으니 이 은혜를 갚을 길이 없사옵니다. 천한 몸으로 어울리지 않게 이곳에 오래

있었기에 죄가 많아 이제 떠나려 하옵니다."

하니, 감사가 그 말을 이해하고 허락하였다.

　회계비장은 이튿날 감사께 하직하고 상으로 받은 돈 오만 냥을 가지고 여러 날 만에 집에 돌아와 남자 옷을 벗어놓고 춘풍이 오기만을 기다렸다.

백골난망　죽어서 백골이 되어도 잊을 수 없다는 뜻으로, 남에게 큰 은덕을 입었을 때 고마움의 뜻으로 이르는 말이다.

내 아내가
나를 구했구나!

회계비장 덕에, 춘풍은 추월을 성화같이 재촉하여 며칠 되지 않아 돈을 받아냈다. 춘풍은 받은 돈을 싣고 갓과 망건, 의복을 잘 차려 입고 은으로 장식한 말을 높이 타고 서울로 올라가서 제집을 찾아갔다.

이때 춘풍의 아내가 문밖에 썩 나서서 춘풍의 소매를 잡고 깜짝 놀라며 말하였다.

"어이 그리 더디던고? 장사가 뜻한 대로 잘 되어 평안이 오십니까."

춘풍이 반기면서 대답하였다.

"그새 잘 있었던가."

춘풍이 돈을 여기저기 벌려놓고 장사를 잘 해 남긴 듯이 의기양양해하니, 춘풍의 아내 거동 보소. 술상을 먹음직스럽게 차려 놓고,

"드시오."

하니, 저 잡놈 거동 보소. 교만하고 방자한 태도를 지으며 제 아내를
꾸짖었다.

"안주도 좋지 않고 술맛도 없구나. 평양서는 좋은 안주로 매일 술에
취하여 입맛이 좋았더니, 평양으로 다시 가고 싶네. 아무래도 못 있겠
어."

젓가락을 그릇에 박고 고기도 씹다가 버리며 하는 말이,

"평양 일색 추월이와 좋은 안주 먹으며 호강하면서 지냈더니, 집에
오니 온갖 것이 다 어설프다. 호조 돈이나 갖고 평양으로 내려가서 추
월이와 한가지로 음식을 먹으리라."

하니, 그 거동은 차마 볼 수 없었다.

춘풍 아내 거동 보소. 춘풍을 속이려고 상을 물려놓고 저녁에 밖에 나가 비장의 옷을 다시 입고 담뱃대를 한 발이나 삐쳐 물고 대문 안에 들어서서 기침을 하면서,

"춘풍이 왔느냐."

하였다. 춘풍이 자세히 보니 평양서 돈을 받아 준 회계비장이었다. 깜짝 놀라 버선발로 뛰어내려와 엎드려 여쭈었다.

"소인이 오늘 와서 날이 저물어 내일 댁으로 찾아가 문안드리려 하였는데, 나리께서 먼저 행차하시니 황공하옵니다."

"내 마침 이리 지나가다가 네가 왔단 말 듣고 네 집에 잠깐 들렀노라."

회계비장이 방 안에 들어가니, 춘풍이 아무리 제 방 안인들 어찌 들어갈까 하고 문밖에 섰다.

"춘풍아 들어와서 말이나 하여라."

"나리 앉아 계신데 어찌 감히 들어가오리까."

"잔말 말고 들어오너라."

춘풍이 마지못하여 들어오니 회계비장이 말하였다.

"그때 추월에게 돈을 진작 받았느냐."

"나리 덕택에 즉시 받았나이다. 못 받을 돈 오천 냥을 한 번에 다 받았사오니 그 덕택이 태산 같사옵니다."

"그때 맞던 매가 아프더냐."

"소인에게 그런 매는 상이옵니다. 어찌 아프다 하오리까."

"네 집에 술이 있느냐."

춘풍이 일어서서 술상을 드리거늘 비장이 꾸짖었다.

"네 계집은 어데 갔느냐. 네 계집 빨리 불러 술 준비를 시키지 못하겠느냐."

춘풍이 놀라고 두려워 아무리 찾은들 있을 리가 없었다. 들며나며 찾아도 찾을 수가 없어 제가 손수 술을 따르니, 회계비장이 한두 잔 받아먹은 후에 취해서 말하였다.

"네 평양에서 추월의 집 머슴살이 할 때 거지 중 상거지였다. 추월의

하인 되어 머리는 봉두난발*, 헌 누더기에 감발 버선, 그 꼴이 어떻더냐."

춘풍은 제 계집이 민망한 말을 문밖에서 엿들을까 걱정이 되나 회계비장이 하는 말을 어찌 막을 텐가. 좌불안석* 하는 꼴은 혼자 보기 아깝더라. 회계비장이 말하였다.

"남산 밑 박승지 댁에 가 술이 크게 취하여 네 집에 왔더니, 배가 고프기도 하거니와 갈증도 나니 칡가루로 죽이나 쑤어다오."

춘풍이 황공하여 밖으로 내달아서 아무리 제 계집을 찾은들 어디에 간 줄 알리오. 주저주저 하니, 회계비장이 꾸짖었다.

"네 계집을 어디에 숨기고 나를 아니 보여 주는가."

춘풍이 묵묵부답 가만히 있으니 호통을 쳤다.

"너는 못하겠느냐. 평양 일을 생각하여 보아라. 네가 이제 집에 왔다고 그리 제 중요한 체하느냐."

춘풍이 칡가루를 가지고 부엌으로 내려가 죽을 쑤는 꼴은 참으로 우습더라. 죽을 쑤어 드리니 회계비장이 조금 먹는 체하고는 춘풍에게 주었다.

"춘풍아, 네가 먹어라. 추월의 집에서 깨어진 헌 사발에 눌은밥 담아 된장 놓고 이지러진 숟가락도 없이 먹던 생각하고 먹으라."

춘풍이 받아먹으며 제 아내가 밖에서 들을까 속으로 민망해하였다.

회계비장이 말하길,

"밤이 깊었으니 네 집에서 자고 가리라."

하고, 옷과 갓, 망건을 벗으니 춘풍이 감히 가란 말을 못하였다. 한 해

만에 그리던 아내와 만나 회포나 풀까 하였는데, 회계비장이 잔다고 하니 참으로 난처하였다.

그런데 회계비장이 갓과 망건을 벗어 놓고 웃옷을 훨훨 벗은 후 일어서니 완연한 제 계집이었다. 춘풍이 깜짝 놀라 자세히 보니 역시 분명한 제 계집이라. 어이없어 아무 말 못하고 앉아 있으니, 춘풍의 아내 달려들며 말하였다.

"이 사람아, 아직도 나를 모르는가."

춘풍이 그제야 깨닫고 깜짝 놀라며 두 손을 마주 잡고 말하였다.

"이것이 웬일인가, 평양 회계비장이 지금 내 아내가 될 줄 어이 알았으리요. 이것이 생시인가 꿈인가. 귀신이 내 눈을 멀게 한 것인가. 어떻게 평양에 비장으로 내려올 수 있었는가. 내가 아무리 잘못하였기로 가장을 형틀에 올려 매고 볼기를 그다지 몹시 치니 그때 자네 마음이 상쾌하던가."

춘풍의 아내가 대답하였다.

"당신이 평양에 장사 가서 한 푼도 없이 거지되었다는 말을 듣고 바느질품을 팔아 참판 댁 대부인께 다과상을 자주 올려 정성으로 대접하고 비장 부탁하였지요. 비장으로 내려갈 때는 임자를 보게 되면 반만 죽이려 하였더니 만나 보니 불쌍하여 차마 더 치지 못하고 용서했지요. 사오 년 동안 고생하던 생각하면 당신이 맞던 매가 내게는 깨소금이라

봉두난발 머리털이 쑥대강이같이 헙수룩하게 마구 흐트러짐. 또는 그 머리털.
좌불안석 앉아도 자리가 편안하지 않다는 뜻으로, 마음이 불안하거나 걱정스러워서 한군데에 가만히 앉아 있지 못하고 안절부절못하는 모양을 이르는 말이다.

오."

부부가 서로 웃고 그간 있었던 일을 서로에게 말하였다.

이후 춘풍은 크게 뉘우쳐 집안일을 잘 보살피니, 집안 살림도 넉넉해지고 자녀도 생겼다. 평양감사가 올라온 후에도 평생 믿음을 끊지 않고 왕래하며 섬겼다. 사람들은 춘풍의 아내를 여중호걸*이라 칭송했다.

여중호걸 여장부. 도량이 크고 의협심이 강하여 타고난 기품이 있는 여자를 말한다.

배비장전

절대로 계집을
가까이하지 않겠소!

하늘과 땅 사이에 사람은, 사람이라는 점에서는 남녀를 불문하고 모두 같지만, 사람마다 더 낫고 못한 점도 있다. 남자 중에는 현명한 사람과 어리석은 사람이 있고 여자 중에는 행동이 반듯한 사람과 음탕한 사람이 있으니, 이는 예전이나 지금이나 다를 바 없다.

호남의 좌도* 제주군의 한라산은 옛 탐라국의 주산*이며 남녘땅 제일의 명산인데, 그 험준하고 아름다운 정기를 받아서 애랑이가 생겨났다. 애랑은 비록 천한 기생으로 태어났지만 그 맵시는 누구보다 빼어났으며, 그 꾀는 꼬리가 아홉 달린 여우가 환생한 것처럼 뛰어났다. 그리하여 여자를 몹시 밝히는 사내가 애랑에게 걸려들면 그 미모와 꾀로 머리부터 발끝까지 빠져들어 허덕거리게 만들었다.

한양에 김경金卿이라는 양반이 있었는데, 문필과 재능이 매우 뛰어나

열다섯에 생원°·진사°에 올랐으며, 스무 살이 채 되지 않아 장원급제해 제주 목사°의 관직을 받았다. 김경은 제주로 가면서 육방°의 일을 맡아할 사람을 뽑았는데, 서강西江에 사는 배선달에게 예방禮房의 일을 맡기니, 사람들은 그를 높여 배비장°이라 불렀다.

배비장은 지금까지 팔도강산 경치 좋은 데를 가 보지 않은 곳이 없었다. 하지만 제주는 육지에서 멀리 떨어진 섬이라 아직 구경을 못했기에 기쁘지 않을 수 없었다. 그 좋아하는 모습을 보고 아내가 주의를 주었다.

"제주는, 비록 육지에서 멀리 떨어진 섬이긴 하나, 아름다운 기생이 많은 고을이라고 합니다. 그곳에 계시다가 만약 술과 기생에 빠져 돌아오지 못하신다면 부모님께는 불효가 되고 저의 신세 또한 망칠 것입니다."

그 소리를 듣고 배비장이 펄쩍 뛰었다.

"그건 염려 마오. 명심하고 절대로 계집은 가까이하지 않겠소."

배비장은 전령패°를 차고 김경을 따라 떠나게 되었다. 이때는 바로

호남의 좌도 전라도를 달리 부르던 명칭. 제주도는 전라도에 속해 있었다.
주산 풍수지리에서 묏자리나 집터 따위의 운수 기운이 매였다는 산
생원 조선 시대에, 소과(小科)인 생원과에 합격한 사람
진사 조선 시대에 과거의 예비 시험인 소과(小科)의 복시에 합격한 사람에게 준 칭호. 또는 그런 사람을 말한다.
목사 조선 시대에 관찰사의 밑에서 지방의 목(牧)을 다스리던 정삼품 외직 문관. 병권(兵權)도 함께 가졌다.
육방 조선 시대에 승정원 및 각 지방 관아에 둔 여섯 부서. 이방, 호방, 예방, 병방, 형방, 공방을 이른다.
비장 조선 시대에 감사(監司)나 유수(留守), 병사(兵使), 수사(水使) 등을 따라다니며 일을 돕던 무관 벼슬
전령패 조선 시대에 좌우 포도대장이 지니던 직사각형의 목패. 한쪽 면에는 '전령(傳令)'이란 글자가 새겨져 있고, 다른 한쪽 면에는 '직명(職名)'이 새겨져 있다.

꽃이 한창인 봄철이라 오얏꽃과 복사꽃, 살구꽃은 활짝 피었고, 풀과 버들은 푸르렀고, 맑은 물은 잔잔하여 사방의 경치가 아름답기 이를 데가 없었다. 이런 아름다운 경치에 취하여 사방을 두루 둘러보며 해남 땅에 도착하자, 제주로 새로 부임하는 목사를 맞이하려고 하인들이 기다리고 있었다. 사또는 하인들의 인사를 받은 후에 사공을 불러 물어보았다.

"여기서 배를 타면 제주까지 며칠이나 걸리는고?"

사공이 공손히 여쭈었다.

"날씨가 매우 맑고 서풍이 살살 불어 꽁무니바람에 양 돛을 갈라 붙여 돛 줄에서 핑핑 소리가 나고 뱃머리에서 물결 갈라지는 소리가 팔구월 바가지 삶은 것같이 절벅절벅 소리가 나면, 하루에 천 리 길도 갈 수 있습니다. 또한 반쯤 가다 바람이 이리저리 함부로 부는 왜풍倭風이라도 만나 표류하게 되면 영국英國이라도 갈 수 있습니다. 만일 일이 잘못된다면 바닷물도 먹고 숭어와 입도 맞추게 됩니다."

사또가 분부하였다.

망망대해 한없이 크고 넓은 바다

"제주에 당일로 도착한다면 상을 많이 줄 테니 착실히 거행하라."

사공이 분부를 받고 순풍을 기다리는데 마침 날씨가 청명하여 서풍이 솔솔 불어왔다. 그러자 사공이 소리를 높여 아뢰었다.

"사또님, 배에 오르시오"

사또 일행이 배에 오르자, 뱃사공들 중 우두머리가 키를 들고 일꾼들은 돛 줄을 틀며 돛을 달아 바람에 맞추어 배를 내어 망망대해*로 나갔다. 사람들은 배 위에서 술을 마시고 그 봄 술에 취하여 윗사람과 아랫사람이 함께 즐겼다.

얼마 후, 배가 추자도에 거의 다다랐을 때였다. 갑자기 태풍이 일어나고 사방이 어둑해지더니 물결은 출렁거리고, 큰 산 같은 물굽이가 덮치면서 우러렁 콸콸 뒹굴어 펄펄 뱃전을 마구 때리더니, 바람에 배 위의 띳집*도 조각조각 흩어지고, 키는 꺾이고, 용총줄* 마룻대가 동강나고, 배의 뒤쪽이 번쩍 들리면 배의 앞쪽이 수그러지고, 배의 앞쪽이 번쩍 들리면 배의 뒤쪽이 수그러져서 덤벙 뒤뚱 몹시 일렁이니, 사또는 어리둥절하고 비장과 하인은 분주하게 서둘렀다. 사또가 정신없는 와중에도 노하여 사공을 꾸짖었다.

"이놈, 나는 양반이라 물길이 익숙지 못해 떨지만, 물길이 익숙한 놈이 그렇게 떠느냐?"

사공이 매우 죄송스럽게 말하였다.

"어려서부터 셀 수 없이 많은 바다를 두루 다녔지만 이런 고생은 처음입니다. 사해용왕*이 외삼촌이라도 살아나기는 아주 어렵겠나이다. 살아나려면 이 바닷물을 다 마셔야 할 듯하니, 누구의 배로 이 물을 다 먹겠습니까?"

이 말을 듣고 비장들도 울고 모든 사람이 울기 시작했다. 그러나 사또의 명으로 바다에 고사를 지내고 나자 이윽고 달이 오르며 물결이 잦아들었다. 배는 다시 순조롭게 나아가 제주성에 다다르게 되었다.

띳집 띠로 지붕을 이어 지은 집
용총줄 돛대에 매어 놓은 줄. 돛을 올리거나 내리는 데 쓴다.
사해용왕 동서남북의 네 바다 속에 있다는 용왕

제주 기생 애랑이,
정비장의 생이빨을 뽑다

환풍정에서 배를 내리고 사방을 둘러보니 제주에서 제일 경치 좋은 망월루가 보인다. 망월루에서 주위를 살펴보니 어떤 젊은 남녀 한 쌍이 서로를 붙잡고 이별이 안타까워 한숨 쉬고 눈물짓는데, 이는 전에 있던 사또가 신임하던 정비장과 수청° 들던 기생 애랑의 애가 타는 이별 장면이었다. 정비장이 애랑의 손을 잡고 말하였다.

"잘 있어라, 나는 간다. 서울에서 태어나 제주 미색 좋단 말에 마음이 쏠려 이곳에 와 아리따운 너와 사랑의 정을 맺고 세월을 보낼 때, 맵시 있는 너의 태도, 목청 맑은 네 노래에 고향 생각 잊었건만, 애달프구나 이별이야! 푸른 강 맑은 물에 원앙새가 짝을 잃은 모습이로구나. 사람

수청 아녀자나 기생이 높은 벼슬아치에게 몸을 바쳐 시중을 들던 일. 또는 그 아녀자나 기생을 말한다.

없는 높은 산 깊은 골짜기에서 둘이 만나 희롱하다 이별하는 것이로구나. 이별이야, 이별이야, 애달프구나 이별이야! 애랑아, 부디부디 잘 있어라!"

정비장의 말이 끝나자 애랑이 없는 슬픔을 짜내어 고운 얼굴에 웃는 듯 찡그리는 듯 길게 한숨지으며 말하였다.

"여보 들어 보시오. 나리께서 이곳에 계시는 동안은 먹고 입는 것 걱정 없이 세월을 보냈으나, 이제 그 누구에게 의지하고 살아가라고 하루 아침에 떠나가십니까?"

"그대는 염려 마라. 내가 올라가더라도 한동안 먹고 쓰기에 넉넉할 만큼 볏짐을 풀어 주고 갈 테니."

그러고는 정비장은 창고지기에게 분부하여 볏섬을 풀어 애랑에게 주도록 하였다. 그뿐만이 아니라 애랑에게 준 갖가지 재물은 헤아릴 수 없을 만큼 많았다.

물건을 받은 애랑은 눈물을 이리저리 씻으면서 흐느끼 듯 말하였다.

"주신 기이한 물건들은 그것이 천금이라 해도 귀하지 않습니다. 백년을 맺은 약속이 한 번의 부질없는 꿈이 되니, 그것만이 그저 애달플 뿐입니다. 나리께서 소녀를 버리고 돌아가시면 백발의 부모를 위로하고 아름답고 귀여운 처자를 만나 그리던 정을 나누고 회포를 풀 터인데, 그러하면 소녀 같은 보잘것없는 첩이야 다시 생각이나 하시겠습니까? 애고 애고 슬퍼라."

애랑의 모습에 정비장은 완전히 마음을 빼앗기고 말았다.

"네 말을 들으니 나를 향한 마음이 참으로 간절하구나. 내 몸에 지닌 노리개를 네 마음대로 다 달라고 하려무나."

그렇지 않아도 애랑은 정비장을 물오른 송기 껍질 벗기듯* 하려는 참인데, 가지고 싶은 대로 주겠다고 하니 애랑은 불한당* 같은 마음에 피나무 껍질 벗기듯 아주 홀랑 벗겨 버리려고 하였다.

물오른 송기 껍질 벗기듯 물오른 소나무의 속껍질을 벗긴다는 뜻으로, 겉에 두르고 있는 의복이나 껍데기 따위를 말끔히 빼앗거나 벗기는 모양을 비유하는 말이다.
불한당 떼를 지어 돌아다니며 재물을 마구 빼앗는 사람들의 무리 또는 남 괴롭히는 것을 일삼는 파렴치한 사람들의 무리

"여보 나리 들어 보십시오. 입고 계신 갓두루마기 소녀에게 벗어 주고 가시면 나리 가신 뒤 그 갓두루마기 한 자락은 펴서 깔고 또 한 자락은 덮고 두 소매는 착착 접어 베개 삼아 베고 자면 나리 품에 누운 듯 그것이 아니 다정하겠습니까?"

그 말을 들은 정비장은 갓두루마기를 훨훨 벗어 애랑에게 주었다.

"이 옷을 깔고 덮고 베고 잘 때 부디 나를 잊지 마라."

애랑이 또 말하였다.

"나리 들어 보십시오. 나리 가신 후 겨울이 와 추운 바람이 불 때 귀가 시려워 어떻게 살겠습니까? 나리 쓰신 휘양*을 소녀에게 벗어 주고 가시면 두 귀에 덥석 눌러쓰고 땀을 흘릴 테니 그것이 아니 다정하겠습니까?"

그 말이 떨어지기가 무섭게 정비장은 휘양을 벗어 애랑에게 주었다.

"손으로 겉을 만지며 입으로 털을 불며 이 휘양을 쓴다면 엄동설한 추위라도 네 귀 시리지 않을 것이다. 쓸 때마다 부디 나를 잊지 마라."

애랑이 또 말하였다.

"여보 나리 들어 보시오. 나리께서 차고 계신 칼을 소녀에게 풀어 주시오."

그러나 정비장은 칼을 만지며 이것만은 거절하였다. 그러자 애랑이 말하였다.

"여보 나리 들으시오. 내가 당신을 위하여 순결을 지키려 하는데 외간 남자가 달려들면 어쩌란 말이오? 소녀는 나리께서 주고 가신 칼을 빼어 키 큰 놈은 배를 찌르고, 키 작은 놈은 목을 찔러 물리쳐야 하지 않겠습니까? 제발 그 칼을 풀어 주시오."

정비장은 기분이 좋아 껄껄 웃으며 칼을 풀어 주었다.

"순결을 지키기 위해 너를 범하는 놈을 네 수단껏 잘 찌르면 만 명은 이길 수 없을 지라도 한 사람은 당할 수 있을 것이다."

애랑이 칼을 받아 놓고 앉아 울면서 또 말하였다.

"여보 나리 들으시오. 나리 입으신 창의°를 소녀에게 벗어 주고 가시오."

그러자 정비장이 말하였다.

"여자 옷을 달라고 하면 이상할 게 없겠지만 남자 옷이야 네게 쓸데가 없지 않느냐?"

"에그, 남의 슬픈 사정 그리도 모르신단 말이오? 나리의 옷을 입고 밖에 나가 이리저리 거닐다 한없이 슬퍼 나리 생각 절로 날 때 들어와 빈 방에 홀로 앉아 이 옷을 매만지면 이별한 낭군님은 가고 없어도 헤아릴 수 없이 많은 시름과 근심은 풀어질 것이니, 그렇다면 아니 다정하겠습니까?"

정비장이 크게 현혹되어 옷을 모두 활활 벗어 주니 애랑은 그 옷을 받아 놓고 또 말하였다.

"여보시오, 나리 들어 보시오. 나리와 이별하고 때때로 나리 생각나면 그 답답하고 슬픈 마음을 어찌하겠습니까? 그 슬픔을 어찌 풀어낼

휘양 추울 때 머리에 쓰던 모자의 하나
창의 벼슬아치가 평상시에 입던 웃옷

수 있겠습니까? 무얼 가지고 슬픔을 풀면 좋겠습니까? 나리 입고 계신 고의적삼*을 소녀에게 벗어 주시면 제 손으로 착착 접어 두었다가 임 생각에 잠 못 이루고 누웠을 때, 나리의 고의적삼을 나리와 둘이 자는 듯이 담쏙 안고 옷가슴을 열어 볼 것입니다. 그리하여 향기로운 임의 땀냄새가 폴싹폴싹 코를 건드리면 그 냄새로 슬픔을 풀 것이니 그 아니 다정하겠습니까?"

그까짓 고의적삼쯤이 문제일까. 정비장은 통가죽이라도 벗어 줄 판이었다. 정비장은 고의적삼마저 벗어 애랑에게 주고 정비장이 아니라 알거지 비장이 되었다. 그러니 밑을 가릴 길이 없었다. 할 수 없이 그는 방자를 불렀다.

"가는 새끼줄을 두 발만 가져오너라."

그것으로 개짐*을 만들어 가지고 다리 틈에 차고서 눈을 두리번거리는 것이었다.

"어허, 바다의 섬 속이라서 날씨가 매우 차구나."

그러나 애랑이 또 청하였다.

"나리 들어 보시오. 옷은 그만 벗어 주고, 나리의 상투를 좀 베어 주신다면 소녀의 머리와 함께 땋겠습니다. 그렇게 한다면 그 아니 다정하겠습니까?"

그 말을 듣고 정비장이 말하였다.

"너의 정성은 갸륵하다만 너는 나더러 바로 중의 아들이 되란 말이냐?"

"여보시오 나리, 내 말 좀 들어 보시오. 나리께서 아무리 다정하다

70

하나 소녀의 정에는 못 미치시니 그 어찌 애달프지 아니하고 어찌 원통치 않겠습니까? 그건 그렇거니와 창가에 마주 앉아 나를 보고 웃으시던 앞니 하나 빼 주시오."

그러고는 애랑이 통곡을 하니 이런 애랑의 모양을 보고 정비장은 어이가 없어 묻는 것이었다.

"이젠 부모가 물려주신 이빨까지 달라 하니 그건 어디다 쓰려고 그러느냐?"

애랑이 대답하였다.

"앞니 하나 빼어 주시면 손수건에 싸고 싸서 백옥함에 넣어 두고 눈에 아른거리는 임의 얼굴 보고 싶고 귀에 쟁쟁한 임의 목소리 듣고 싶은 생각이 날 때면 종종 꺼내어 보고 슬픔을 풀고, 소녀 죽은 후에라도 관 구석에 지니고 가면 한 몸 합장*이 되지 않겠습니까? 그러면 아니 다정하겠습니까?"

애랑의 말을 들은 정비장은 정신을 빼앗겨 그만 공방*의 창고지기를 부르는 것이었다.

"장도리와 집게를 대령해라."

"예, 대령했습니다."

정비장이 창고지기에게 물었다.

고의적삼 여름에 입는 홑바지와 저고리
개짐 여성이 월경할 때 샅에 차는 물건. 주로 헝겊 따위로 만든다.
합장 여러 사람의 시체를 한 무덤에 묻음. 또는 그런 장사. 흔히 남편과 아내를 한 무덤에 묻는 경우를 이른다.
공방工房 공예품 따위를 만드는 곳

"너는 이를 얼마나 빼어 보았느냐?"

"예, 많이는 못 빼어 보았으나 서너 말은 빼어 보았습니다."

"이놈, 제주도 이는 죄다 망친 놈이로구나. 다른 이는 다치지 않게 앞니 한 개만 쑥 빼어 보아라."

"소인이 이 빼기에는 이골이 났으니 어련히 잘 하지 않겠습니까?"

그러더니 작은 집게로 빼면 쑥 빠질 것을 커다란 집게로 잡고서는 좌로 당기고 우로 당기다가 다시 한없이 어르다가는 느닷없이 코를 탁 치는 것이었다. 정비장은 코를 잔뜩 움켜쥐고 소리를 쳤다.

"어허 봉변이로군. 이놈, 너더러 이를 빼랬지 코를 빼라고 하더냐?"

공방 창고지기가 대답하였다.

"울리어 쑥 빠지게 하느라고 코를 좀 쳤소."

정비장이 탄식하였다.

"이 빼라고 한 내 잘못이다."

이러고 있을 때었다. 방자가 헐레벌떡 뛰어 들어왔다.

"사또께서 배에 오르시니 비장께서도 어서 배에 오르십시오."

정비장은 할 수 없이 일어섰다.

"노 젓는 소리 한 마디에 배 떠난다 재촉을 하니 이제 그만 떠날 수밖에 없구나."

애랑은 정비장의 손을 잡고 발을 구르며 탄식하였다.

"나를 두고 어디로 가시오. 하루 천 리 가는 저 배에 임은 나를 싣고 가시오. 살아서 다시 못 볼 임 죽어서 환생하여 다시 볼까? 낭군은 죽어 학이 되고 첩은 죽어 구름 되어 첩첩한 흰 구름 속 가는 곳마다 정답게 놀아 볼까."

이에 정비장이 말하였다.

"너는 죽어 높은 집에 거울 되고 나는 죽어 동쪽에 해가 되어 서로 얼굴을 비쳐 보자."

이렇게 이들이 작별할 때였다. 새로 온 사또의 앞장을 섰던 예방의 배비장이 이 거동을 잠깐 보고는 방자를 불러 물었다.

"저 건너편 길에서 청춘 남녀가 서로 잡고 못 떠나고 있으니, 무슨 일이냐?"

방자가 대답하였다.

"기생 애랑이와 이전 사또를 모시던 정비장이 작별하고 있습니다."

배비장은 그 말을 듣고 비웃으며 말하였다.

"허랑한* 장부로구나. 부모 친척과 떨어져 천 리 밖에 와서 아녀자에게 빠져 저러고 있다니 체면이 말이 아니다."

방자놈은 코웃음을 치며 말했다.

"남의 말씀 쉽게 하지 마십시오. 나리께서도 애랑의 은근한 태도와 아름다운 얼굴을 보시면 분명 살림을 차리게 되실 것입니다."

배비장은 잔뜩 허세를 부리면서 방자를 꾸짖었다.

"이놈, 양반의 도리를 어찌 알고 그렇게 경솔히 말을 하느냐?"

그러나 방자는 물러서지 않았다.

"그러면 황송하오나 소인과 내기를 하시지요."

"무슨 내기를 하자는 것이냐?"

"나리께서 서울로 올라가시기 전에 저 기생에게 눈을 팔지 않으시면 소인의 많은 식구가 댁에 가서 일을 도와드리고 밥을 얻어먹으며 살고,

만일 저 기생에게 반하게 되시면 타고 다니시는 말을 소인에게 주시기 바랍니다."

이에 배비장은 대답하였다.

"그래라. 말 값이 천금이 된다 할지라도 내기하고서 너를 속이겠느냐?"

두 사람이 한참 이렇게 얘기를 나누고 있을 때, 신관 사또와 구관 사또는 인수인계를 마치고 새 사또가 부임하여 일을 하기 시작했다. 그리고 부임 절차가 끝나고 모두가 정해진 처소로 돌아갔을 때는 이미 해가 지고 동쪽에 달이 뜨고 맑은 바람이 부니 평온한 기상이 완연하였다.

허랑한 언행이나 상황 따위가 허황하고 착실하지 못하다.

애랑에게
홀딱 반한 배비장

저녁이 되어 모든 비장이 기생들을 골라잡고 처소로 들어가니 방마다 노랫소리와 비파 소리가 서로 어울려 퍼졌다. 달밤에 퍼지는 음악 소리는 듣기 좋았고 처량한 느낌을 자아내었다.

배비장 또한 마음이 울적하여 남들처럼 놀고 싶었다. 그러나 이미 정한 내기가 있었다. 장부의 말 한마디는 천금의 무게가 있다 하였으니 어찌 마음을 바꾸어 먹을 수 있겠는가. 그러니 할 수 없이 혼자 앉아 있을 수밖에 없었다.

이때 여러 비장 동료들이 배비장에게 함께 놀기를 권하는 말을 전해 왔다.

"방자야. 네 예방 나리께 가서 '미인의 고장인 이곳에 오셔서 수심에 싸이시니 웬일입니까. 고향 생각 너무 마시고 아름다운 여인을 골라 시중들게 하시고 정답게 이야기를 나누는 것이 장부의 소일거리 중 하나인 줄 압니다.' 하고 여쭈어라."

방자놈은 분부를 듣고 예방 나리께 이 같은 전갈을 드렸다. 배비장은 방자에게 되돌려 전갈을 보냈다.

"먼저 물어 주시니 대단히 감사합니다. 모처럼의 청을 거절함은 매우 당돌한 일이나 저는 성질이 원래 옹졸하여 기예와 음악은 즐기지 않으니 이를 용서하시고 재미있게 노시기 바랍니다."

그러더니 갑자기 무슨 급한 일이라도 있는 듯이 방자를 불렀다.

"지금 나의 기생 차지가 누구냐?"

"행수*인 줄 압니다."

배비장이 딱 잘라 분부하였다.

"네가 만일 이후로 기생을 내 앞에 비쳤다가는 엄한 매를 맞으리라."

사또가 이 소리를 들으시고 그 이유를 묻더니, 천하에 제일가는 기생들을 모두 불렀다.

"너희 가운데 배비장을 흐뭇하여 웃게 하는 사람이 있으면 큰 상을 줄 것이니 그렇게 할 수 있는 기생이 있느냐?"

그 가운데서 애랑이 나섰다.

"소녀가 사또의 분부대로 하겠습니다."

사또가 말하였다.

"네 만약 배비장의 절개를 무너뜨릴 수 있는 재주가 있다면 당연히

행수 기생의 우두머리

기생 중에 으뜸이 되리라."

애랑이 대답하였다.

"지금이 한창 좋은 봄철이니 내일 한라산에서 꽃놀이를 하십시오. 그러면 그때 계교*를 꾸며 배비장을 홀리도록 하겠습니다."

사또는 각 방의 비장들과 의논한 후 새벽녘에 명령을 내려 한라산으로 꽃놀이를 갔다. 산 속으로 들어가니 갖가지 꽃들이 저마다 다투듯 피어 있고 온갖 새들이 지저귀어 마치 아름다운 풍악을 펼치고 있는 것 같았다.

사또와 여러 비장이 기생들과 어울려 술을 마시며 봄 경치에 흥겨워 놀고 있을 때, 배비장은 자기 혼자 깨끗하고 고고한 체하며 소나무 아래에서 외면하고 앉아 남들이 노는 것을 비웃으며 글을 읊고 있었다.

그러다가 우연히 숲 속을 바라보니, 한 절세미인이 백만 가지 교태*를 다 부리면서 봄빛을 희롱하는 것이었다.

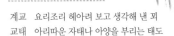

계교 요리조리 헤아려 보고 생각해 낸 꾀
교태 아리따운 자태나 아양을 부리는 태도

그러고는 갑자기 윗도리와 아랫도리를 훨훨 벗어 던지더니 물에 풍덩 뛰어드는 게 아닌가. 그러더니 물장구를 치며 온갖 장난을 다 치며 손도 씻고 발도 씻고 구석구석 씻으며 한창 목욕을 하고 있었다. 배비장은 그 모습을 보자 어깨가 들먹거려지고 정신이 흐릿해졌다. 드디어 배비장은 음탕한 사내가 되어 눈을 흘끗 뜨고 정신없이 바라보다가, 그 여자가 누구인지 알고 싶어졌다.

'아! 저 여자가 누군지는 모르나 사람 여럿을 홀렸겠구나.'

그러나 누구에게 물어볼 수도 없으니 군침만 꿀꺽 삼키며 자신의 신세를 한탄할 뿐이었다.

드디어 하루해가 저물고 사또는 다시 관아로 돌아가려고 길을 재촉하였다. 모든 비장들과 기생들, 그리고 하인들도 일제히 길을 떠날 때였다. 이때 배비장은 딴 마음을 먹고 꾀병으로 배가 아픈 척하였다.

"벌써 완전히 빠졌구나."

여러 비장들은 그의 행동에 대해 눈치를 채고 수군거리며 겉으로만 인사를 하였다.

"예방께서는 침이나 한 대 맞으시는 게 어떻겠소."

"아니오, 천만에요. 병이 아니니 조금만 진정이 되면 나을 것이오."

배비장이 대답하였다.

비장들은 웃음을 참고 방자를 불러 말했다.

"너의 나리 병은 대단한 것이 아니라 하니 진정되거든 잘 모시고 오도록 해라."

그러고는 배비장에게 말하였다.

"사또께는 잘 말씀을 드릴 테니 마음 놓고 진정한 후에 오시오."

"이처럼 염려해 주시니 감사하옵니다. 모쪼록 사또께는 잘 말씀드려 주시기 바랍니다. 아이고, 배야!"

그러자 관리 한 사람이 쑥 앞으로 나섰다. 이 사람은 짓궂기가 짝이 없는 사람이었다. 그는 배비장을 놀려 줄 생각으로 이렇게 말하였다.

"그건 너무 염려 마시오. 사또께서는 배비장께서 이런 때 없는 병이 있을 것이라는 사실을 짐작하시는 것 같습니다. 듣자 하니 배를 앓을 때에는 계집의 손으로 문지르면 효과가 있다고 합니다. 기생 하나를 두고 갈 테니 잘 문질러 달라고 하시오."

"아니오. 내 배는 다른 사람의 배와 달라서 기생은 보기만 해도 배가 더 아프니 그런 말씀을 다시는 하지 마십시오."

"참으로 그 배는 이상도 하구려. 계집이라는 말만 들어도 더 아프다고 하니 우리가 한 고을 사람으로 천 리 밖에 와서 서로를 위하는 마음이 친형제 같은데 그처럼 괴로워하는 것을 보고서 어떻게 혼자 두고 갈 수가 있겠소? 진정된 후에 같이 가는 것이 좋겠소이다."

"이 말씀은 내 성격을 잘 모르셔서 하시는 말씀입니다. 나는 병이 나면 혼자서 진정을 해야 낫지 형제 사이일지라도 같이 있게 되면 낫기는커녕 더 아픕니다. 그러니 사람을 살리려거든 어서 제발 먼저 가 주시오. 애고 배야 나 죽겠소!"

"정 그러시다면 혼자 두고라도 갈 수밖에 없겠소이다. 우리가 가고 나서 정 없는 사람들이라고 하지는 마시오."

    동료 비장들이 사또를 모시고 관으로 돌아가자 배비장은 그 여인을
보아야겠다는 욕심을 억누를 수가 없었다.

    "애 방자야! 애고 배야!"

    "예?"

    "나는 여기에 온 후 눈앞이 흐려져 가까운 거리도 분간을 못하겠다.
아이고 배야, 아이고 배야."

    "소인도 나리께서 애쓰시는 것을 보니 정신이 없습니다."

    "우리 사또 가시는 걸 자세히 보아라."

    "저기 내려가십니다."

    "애고 배야! 또 보아라."

    "산모퉁이를 지났습니다."

    "애고 배야! 또 보아라."

“저기 아득히 내려가십니다.”

“산길을 돌아도 사또가 보이지 않으니, 나는 이제 배가 아프기를 그만두었다.”

그러고는 배비장은 목욕을 하는 그 여자를 보려고 골짜기 화초 사이의 좁은 길로 몸을 숨겨 가만가만 사뿐히 걸어 들어갔다. 그리고 가느다란 소리로 방자를 불렀다. 방자가 그에 대답하나 윗사람을 높이는 말은 점점 없어졌다.

“예, 어째서 부르오?”

방자의 대답이었다.

“너 저 거동을 좀 보아라.”

배비장의 말이었다.

“저기 무엇이 있소?”

“애야, 요란하게 굴지 마라. 조용히 구경하자꾸나.”

백만 가지 교태를 다 부리며 놀고 있는 그 움직임은 금인 것도 같고 옥인 것도 같았다. 배비장은 드디어 방자를 보고 이렇게 말하였다.

　"저것이 금이냐, 옥이냐?"

　"저 물이 금이 나오는 물이 아니거늘 금이 어찌 놀고 있겠소?"

　"그러면 옥이냐?"

　"이곳이 아름다운 옥이 난다는 형산이 아니거늘 어찌 옥이 있겠소?"

　"금도 옥도 아니라면 꽃이냐, 매화란 말이냐?"

　"눈 속이 아니거늘 어찌 매화가 피겠소?"

　"그럼 해당화가 틀림없구나."

　"이곳이 해당화로 유명한 명사십리가 아니거늘 어찌 해당화가 되겠소?"

　"그러면 국화란 말이냐?"

　"국화도 아니오."

　"꽃이 아니면 귀비*란 말이냐?"

　"온천물이 아니거늘 어찌 귀비가 목욕을 하겠소이까?"

　"귀비가 아니면 불여우냐? 애고 애고 나를 죽인다. 나를 죽여!"

　"나리, 뭘 보고 그렇게 미쳤습니까? 소인의 눈엔 아무것도 안 보입니다."

　"이놈아! 저기 저기 저 건너 백포장* 속에서 목욕하는 저것을 못 본단 말이냐?"

　"예? 소인은 나리께서 무엇을 보고 그러시나 했지요. 저 건너 목욕을 하는 여인을 말씀하시나 보군요. 그렇지요?"

"옳다. 너도 이젠 보았단 말이구나. 상놈의 눈이라 양반의 눈보다는 많이 무디구나."

"예. 눈은 양반과 아랫것이 다르니까 소인의 눈이 나리의 눈보다는 무디어서 저런 예의에 어긋나는 것은 보이지 않습니다. 그리고 마음도 양반과 아랫것이 달라 나리의 마음은 소인보다 컴컴하고 음탕하여 체면도 모르고 처녀가 목욕하는 것을 보고 욕심내어 구경을 한단 말씀이시구려. 요새 서울 양반들이 계집이라면 체면도 없이 욕심을 낼 데 안 낼 데 분간을 하지 못하고 함부로 덤비다가 봉변도 많이 당한다고 합니다."

"뭐라고? 이놈이?"

"유부녀가 목욕을 할 때, 버릇없는 남자가 엿볼라 치면, 그 친척들이 숨어 있다 한꺼번에 냅다 달려들어 벌한다 합니다. 계속 훔쳐보다가는 꼼짝없이 혼만 날 것이니 저 여자를 볼 생각은 꿈에도 마시오."

무안을 당한 배비장이 하는 말이었다.

"다시는 안 본다. 그러나 그것을 보면 정신이 아득해져 아무리 안 보려고 해도 자석에 바늘이 달라붙듯 눈이 자꾸 그리로만 가니 어쩐단 말이냐?"

방자가 배비장을 보고 있다가 소리쳤다.

"저 눈!"

귀비　조선 초기에, 후궁에게 내리던 가장 높은 지위
백포장　흰 베로 만든 휘장(揮帳)

"안 본다!"

배비장은 이렇게 말하면서도 눈은 자꾸만 여인에게로만 가는 것이었다. 배비장은 이윽고 한 가지 꾀를 내어 방자를 불렀다.

"방자야, 저기 경치가 참으로 좋구나. 서쪽을 살펴보아라. 저 불 같은 해질녘의 경치가 아름답지 않느냐? 그리고 동쪽을 보아라. 약수* 삼천 리에 봄빛이 아득한데 파랑새 한 쌍이 날아드는구나. 남쪽을 또 보아라. 망망대해의 천 리 파도에 대붕*이 날다가 지쳐서 앉아 있다."

방자는 거짓으로 속는 척하고 배비장이 가리키는 대로 살펴보았다. 배비장은 그동안 여인을 보기에 바빴다. 배비장이 그 여인을 한참 바라볼 때 방자가 말했다.

"저 눈은 일을 낼 눈이로군."

배비장은 깜짝 놀라서 두 손으로 눈을 급히 가리며 어쩔 줄을 몰라 하였다.

"나 안 본다. 염려 마라."

이때 방자가 갑자기 기침을 한 번 하였다. 그러자 그 여인은 깜짝 놀라는 체하며 몸을 웅크리고 후다닥 물 밖으로 뛰어나와서 속옷을 안고 푸른 숲 속으로 재빨리 뛰어 들어갔다.

애랑의 그 모습은 구름 속으로 들어가는 보름날 밝은 달 같았다. 배비장은 그 모습을 보고 멍하니 정신을 잃고 앉았다가 스스로 탄식하더니 방자를 꾸짖었다.

"이놈, 네 기침 한 번이 낭패로다. 고얀 놈 같으니라고!"

그러고 앉았다가 이윽고 배비장은 다시금 입을 열었다.

"얘, 방자야!"

"예!"

"네 저 백포장 밖에 가서 문안을 한 번 드리고 그 여인께 전갈을 해라."

방자는 말없이 배비장을 바라보았다.

문안을 드리되,

"'이 산에 온 나그네가 꽃놀이를 하다 여행의 피로로 몸이 피곤하고 배고픔과 갈증이 몹시 심하니 혹시나 음식이 있어 굶주림을 면하게 해 주시면 매우 감사하겠습니다.' 하고 여쭈어라."

하니, 방자놈이 대답하는 것이었다.

"나는 죽으면 죽었지 그런 전갈은 못하겠습니다. 처음 보는 여자에게 어찌 음식을 달라고 하겠습니까? 그러다가는 매 맞아 죽는 것이 당연합니다."

그러자 배비장이 말하였다.

"방자야! 만약 매를 맞게 된다면 매는 내가 맞을 것이니 너는 달아나 버리면 그만이 아니겠느냐?"

방자가 대답하였다.

약수 신선이 살았다는 중국 서쪽의 전설 속의 강. 길이가 3,000리나 되며 부력이 매우 약하여 기러기의 털도 가라앉는다고 한다.
대붕 하루에 구만 리(里)를 날아간다는, 매우 큰 상상(想像)의 새. 북해(北海)에 살던 곤(鯤)이라는 물고기가 변해서 되었다고 한다.

"나리의 형편을 보니 죽을 때 죽더라도 그렇게 할 수밖에 없겠습니다."

그러고는 슬슬 그곳으로 걸어가서 거짓으로 절을 한 번 꾸벅 하고 나서 잠시 뒤 이렇게 말하였다.

"쉿! 애랑아. 배비장은 벌써 너에게 반했으니 무슨 음식이 있거든 좀 차려 주려무나."

애랑은 방긋이 웃고서 온 정성을 다해 온갖 귀한 것들로 음식상을 정갈하게 차렸다. 그리고 맑은 술까지 자라병*에 가득 채워 내어 주었다.

"너의 나리께서 비록 예의가 없지만 배고픔과 갈증이 몹시 심하다기에 이 음식을 보내니 나리께서도 먹고 너도 먹고 빨리빨리 가거라."

방자가 애랑의 말을 전하고 음식을 올리니 배비장은 얼씨구나 하고 음식을 받아 앞에 놓고 칭찬하고 나서 물었다.

"내 진작 이럴 줄 알았다. 그런데 저 감에 이빨 자국이 나 있으니 이게 어찌 된 일이냐?"

방자놈이 대답하였다.

"그 여인이 감꼭지를 이로 물어 뗐습니다."

배비장은 그 말을 듣고 껄껄 웃으며 말하였다.

"이 음식은 너 다 먹어라. 나는 감이나 한 개 먹고 말겠다."

방자놈은 짓궂게 감을 집어 들었다.

"이빨 자국이 난 것이라 그 여인의 침이 묻어 더럽습니다. 소인이 먹

자라병 자라 모양으로 만든 병

겠습니다.”

“이놈! 말도 안 되는 소리 하지 말고 어서 이리 내놓아라.”

배비장은 감을 빼앗아 껍질째 달게 먹은 다음, 그 여인에게 방자를 시켜 전갈을 보냈다.

“‘이같이 좋은 음식을 보내 주셔서 잘 먹었습니다.’ 하고, 또 ‘무례한 말씀이나 하늘엔 양陽이 있고 땅엔 음陰이 있는데 이 음과 양이 서로 만나 합쳐지는 것은 인생의 누구에게나 있는 일이기에, 술과 여인에 취한 사내가 홀연히 산에 올라왔다가 꽃을 찾는 벌과 나비의 마음을 주체할 수 없어 하니 이 마음을 헤아려 주소서.’ 하고 여쭈어라.”

방자는 배비장의 분부대로 그 여인에게로 가서 전갈을 하였다. 그리고 돌아와서 배비장에게 말하였다.

"그 여인이 답례는 듣지도 않고, 큰 탈 날 것이니 빨리빨리 돌아가라고 합디다."

배비장은 쓸쓸하게 긴 탄식을 하면서 일어섰다.

"할 수 없다. 이제는 내려가자."

애랑의 집으로 가는
배비장과 방자

배비장은 침소로 돌아와서도 그 여인을 잊지 못해 상사병으로 앓는 소리를 하였다.

"한라산 맑은 정기를 제가 모두 타고 나서 그리도 곱게 생겼는가? 잊지 못하는 것이 한이로다. 애고 애고 이 일을 어찌할꼬?"

생각을 거듭하던 배비장은 이윽고 굳은 결심을 하고야 말았다.

"에라! 죽더라도 말이나 한 번 건네 보고 죽으리라."

그리고는 일어서서 방자를 불렀다.

"애야, 방자야!"

"예, 부르셨습니까?"

"어서 이리로 좀 오너라. 나는 죽을병이 들었구나!"

"무슨 병이 드셨기에 그처럼 아파하십니까? 감기약이나 두어 첩 드서 보십시오."

"아니다. 감기약이나 먹고 나을 병이 아니다."

"그러면 망령병*이 드셨나 보구려. 망령병에는 무슨 약보다 당약이 제일이랍니다."

"그게 무슨 약이란 말이냐?"

"홍두깨를 삶은 것을 당약이라고 합지요. 젊은 양반 망령엔 당약이 제일입니다."

"아니다. 내 병엔 따로 약이 있다. 하지만 그걸 얻기가 어렵구나."

"그 무슨 약이기에 그렇게 어렵다는 말씀이십니까? 하늘에 있는 별도 따려면 딸 수 있지 않겠습니까?"

"방자야! 그 말만 들어도 속이 시원해지는구나. 그렇다면 내가 살고 죽고는 방자 네 손에 달렸다. 네 날 좀 살려다오."

"아따 나리도, 죽긴 누가 죽습니까? 말씀이나 하시구려."

"오냐, 오냐. 방자야 어제 한라산 수포동 푸른 숲 속에서 목욕하던 여인을 보지 않았느냐? 그 여인 때문에 병을 얻었다. 이거 죽을 지경이로구나. 네가 그 여자를 좀 볼 수 있게 해다오."

"그렇습니까? 그러나 그 여자는 규중*에 있으니 만나 볼 길이 없습니다."

그 말을 들은 배비장은 더 이상 할 말을 잊어 버렸다. 그러다가 길게 한숨을 내쉬며 다시 입을 여는 것이었다.

"애야 방자야! 그 여자가 음식 차려 보낸 것을 보면 그도 내게 전혀 마음이 없진 않았던가 보더라. 가서 말이라도 한번 해보아라."

"어디다 말을 한단 말씀입니까?"

"그 여인에게 말이다."

"나리! 그건 어림없는 일입니다. 그 여인의 성격이 악하기 이를 데 없고, 절개가 굳으니 그런 생각은 절대로 하지 마십시오."

그러자 배비장은 방자를 잡고서 애걸하다시피 하였다.

"얘야! 될지 안 될지 모르겠지만 일단 편지를 써 줄 테니 전해 보아라. 일만 잘 되면 그 대가로 삼백 냥을 주마! 방자야 어떠냐?"

방자놈은 대가를 많이 준다는 소리에 군침을 흘렸다. 그러나 돈 몇 푼이나 더 얻어 볼 생각으로 은근히 잡아떼는 척하는 것이었다.

"소인은 그 편지 가지고 가지 못하겠습니다."

"방자야! 그게 무슨 말이냐? 내가 천 리 밖 이곳에 와서 마음을 주고받는 하인이 너밖에 더 있느냐? 네가 내 마음을 몰라주고 가지 않는다면 누가 간단 말이냐! 그러니 방자야, 잘 생각을 하고 내 이 안타까운 마음을 풀어다오! 애, 방자야!"

"나리! 소인이 나리와의 정을 생각하면 물불을 가리지 않고 뛰어들겠습니다. 그러나 그러지 못할 사정이 있습니다."

"무슨 사정이냐? 어서 말해 보아라."

"소인은 세 살 때 아비가 죽어 늙은 어미 손에서 자라 열 살 때부터 방자 노릇을 해 왔는데 한 달에 관가에서 주는 돈이라고는 고작 두 냥

망령병 노망하여 언행이 정상적인 상태가 아닌 병
규중 부녀자가 거처하는 곳

뿐입니다. 그러니 온갖 심부름을 하고 나면 신발값이나 되겠습니까? 먹고 사는 것은 어떠냐 하면, 각방 나리님네가 잡수시다 버리는 밥이나 얻어서 어미와 그날 그날 연명해 가는 형편입니다."

한숨을 한 번 쉬고 방자는 말을 계속하였다.

"소인의 사정이 이러니 일이 뜻과 같지 않아 소인이 몸이 상하게 되어 나리도 모실 수 없고 늙은 어미는 먹일 수 없게 되면 소인의 신세는 어떻게 되겠습니까? 그러므로 그렇게 위험한 곳엔 갈 수 없습니다. 나리께서 살펴 주십시오."

"그런 일이라면 아무 염려 마라. 만약 매를 맞게 된다면 네 상처가 낫도록 해 줄 것이며, 네 어미는 내가 먹여 살리겠다. 그러니 아무 염려 말고 어서 이거나 갖다 주어라."

배비장은 얼굴에 미소를 머금고 궤짝 문을 덜컥 열더니 돈 일백 냥을 내주었다.

"일이 잘 되고 못 되는 것은 네가 하기에 달렸으니 부디 눈치껏 잘 해라."

"이게 약소하지만 우선 네 어미에게 갖다 주어 양식이나 사먹도록 해라."

방자는 그제야 못 이기는 척하고 승낙을 하였다.

나리께서 정 그러시다면 편지를
써 주십시오."

방자는 애랑에게 가서 그 편
지를 전하였다. 편지 내용을 한
마디로 줄인다면 다음과 같다.

　낭자를 한 번 본 후 그 모습을 그리워하
　는 괴로움으로 깊은 병이 들었기에, 내가 죽고
　사는 것은 낭자의 손에 달렸으니, 부디 이 마음
　을 알아주십시오.

애랑이 편지를 다 읽고 나자 방자는 애랑에게 말하였다.

"답장을 하되 함부로 하지 말고 애가 타게 해라."

방자가 애랑의 답장을 받아 오니, 배비장은 애랑의 편지를 두 손으로
받아 읽어 내려가다가, '미친 소리 말고 마음을 바로잡고 물러가라.'
하고 한 대목에 이르자 깜짝 놀라고 말았다.

"애고 이일을 어찌할꼬? 섬 가운데 원통한 귀신 되었구나."

그러자 곁에서 방자가 재촉하였다.

"여보 나리, 상심 마시고 그 아래를 더 읽어 보십시오. 然자가 있소
그려."

배비장은 다시 보아 내려가다가,

"옳지, 연然자의 뜻을 알았다."

하고 무릎을 치면서 읽어 내려가는 것이었다.

연然이나(그렇긴 하나) 장부의 귀중한 몸이 나 때문에 병을 얻었다
하시니 어찌 가엾지 않겠습니까? 나는 규중 여자의 몸으로 출입을
마음대로 할 수 없어 만나기 어려우니 달이 진 깊은 밤에 내 거처인
벽헌당을 찾아와서 슬쩍 안으로 들어오신다면 한 이불 속에서 자도
록 하겠습니다. 만약 오시다가 실수가 있다면 그 몸이 매우 위험해
질 것입니다. 만약 오시려거든 집안이 번거롭고 닭과 개가 많으니
북창 쪽의 틈으로 살살 가볍게 걸어오십시오.

배비장의 눈은 휘둥그레졌다. 그렇게도 못 견디게 정신이 몽롱하고
온 몸이 쑤시던 병도 어느새 감쪽같이 나았다.

기다리던 밤이 되자 배비장은 옷을 갖춰 입고 서둘러 길을 나섰다.
그런데 방자가 이를 보고 참견하고 나서는 것이었다.
"나리는 생각도 없소. 밤중에 유부녀를 취하러 가시면서 비단옷을 입
고 가다가는 될 일도 안 될 것입니다. 그 옷을 모두 벗으시오."
"벗다니? 초라하지 않겠느냐?"
"초라하다는 생각이 드시면 가지 마십시오."
"얘야! 요란스럽게 굴지 마라. 내 벗으마."
배비장은 방자의 말을 따라 의관을 모두 훨훨 벗어 버리고 덜덜 떠는
것이었다.

"얘야, 알몸으로 어찌하란 말이냐?"

"그게 좋습니다. 그러나 누가 보면 한라산 매 사냥꾼으로 알겠습니다. 제주도 사람들의 옷을 입으시지요."

"제주도 사람들의 옷은 어떤 것이냐?"

"개가죽 두루마기를 입고 노벙거지*를 쓰면 됩니다."

"얘야! 그건 너무 초라하지 않느냐?"

"초라하다는 생각이 들거들랑 가지 마십시오."

"아니다 방자야. 네가 하라면 개가죽이 아니라 돼지가죽이라도 뒤집어쓰마."

그리하여 배비장은 개가죽 두루마기에 노벙거지로 차렸다.

"얘야, 호랑이가 보면 개로 알겠다. 총 한 자루만 꺼내어 들고 가자. 그러는 것이 안전하지 않겠느냐?"

"그렇게도 겁이 나고 무섭거든 차라리 가지 마십시오."

"얘야! 네 정성이 그런 줄 내가 차마 몰랐구나. 네가 못 갈 것 같으면 내가 업고라도 가마! 어서 가자 방자야!"

높은 담에 구멍을 찾아서는 방자가 먼저 기어 들어갔다.

"쉬! 나리, 잘못하다가는 큰일 날 것이니 두 발을 한데 모아 재주껏 들이미시오."

배비장이 두발을 모아 들이밀자, 방자가 안에서 배비장의 두 발목을 모아 쥐고 힘껏 당겼다. 그러자 배비장의 부른 배가 걸려서 들어가지도

노벙거지 실, 삼, 종이 따위를 가늘게 비비거나 꼰 줄로 엮어서 만든 벙거지

뒤로 빠지지도 못하였다. 배비장은 두 눈을 굴리고 눈시울을 위로 치뜨며 바드득 이를 갈았다.

"얘야, 조금만 놓아다오."

방자가 갑자기 다리를 탁 놓자 배비장은 곤두박질쳤다. 그런 후 다시 일어나 앉으면서 말하였다.

"모든 일이 순조롭게 되지 않으니 낭패로구나. 산모의 해산°법을 보더라도 아이를 머리부터 낳아야 순산이라 한다. 그러니 상투를 먼저 들이밀마. 너는 이 상투를 잘 잡고 안으로 끌어들여라."

방자놈은 배비장의 상투를 노벙거지째 와락 잡아당겼다. 한동안의 실랑이 끝에 드디어 펑 하고 들어가자,

"불을 켠 방으로 들어가서 욕심껏 얼른 놀다가 날이 새기 전에 나오십시오."

하고 방자는 몸을 숨기고는 배비장의 거동을 엿보는 것이었다.

해산 아이를 낳음

망신당한
벌거숭이 배비장

배비장이 살금살금 소리 없이 들어가 문 앞에 서서 손가락에 침을 발라 문구멍을 뚫고 한 눈으로 안을 들여다보니, 정신이 아찔하였다. 등불 밑에 앉은 여인의 태도가 하늘나라 선녀를 보는 듯하였기 때문이다. 그런데 그 선녀가 피우는 담배 연기가 문구멍으로 풍겨왔다. 배비장은 담배 냄새를 맡고 저도 모르게 재채기를 하였다. 그러자 여인은 놀랐는지 문을 활짝 열어젖히면서 소리쳤다.

"도둑이야!"

배비장은 겁에 질려 몸을 부들부들 떨면서 겨우 말하였다.

"문안드리오."

"호랑이를 그리려다 강아지를 그린 그림이로군. 아마도 뉘 집 미친개가 길을 잘못 들어왔나 보다."

여인은 배비장의 꼴을 보다가 이렇게 말하고는 나무 조각을 들어 배비장을 한 번 쳤다. 그러자 배비장이 말하였다.

"나는 개가 아니오."

"그러면 무엇이냐?"

"배비장이오."

계집은 배비장의 꼴을 보고 웃고 난 뒤 내려와 손목을 잡고 방으로 데리고 들어갔다.

"이 밤에 웬일이오?"

들어가 정답게 이야기를 나눈 뒤에 불을 막 끄고 나니, 방자가 고함을 친다.

"불 켜 놓고 문 열어라."

여인이 깜짝 놀라는 체하고 몸을 떨며 당황해할 때 방자가 지어낸 소리가 다시 떨어졌다.

"요사스럽고 고얀 년, 내 몸이 움직이기라도 하면 문 앞의 신발 네 짝이 떠날 날이 없으니, 어느 놈과 미쳐서 또 함께 있느냐? 이 연놈을 한 주먹에 뼈를 부수어 박살내리라."

배비장은 혼비백산하여 허둥거렸으나 외진 집이 되어 도망칠 수도 없었다. 할 수 없이 알몸으로 이불을 쓰고 여자에게 물었다.

"그자가 원래 남편이오? 성품이 어떻소?"

"성품이 매우 포악합니다. 미련하기로는 도척° 같고, 기운은 항우° 장사요, 술을 좋아하고 화가 나면 대낮에도 칼을 뽑아 피보기를 예사로 합니다."

계집의 말을 들은 배비장은 애걸복걸하면서 여인에게 매달렸다.

"낭자, 제발 나를 살려 주게."

계집은 언제 준비해 두었던지 커다란 자루를 꺼내 가지고 와서는 입구를 벌리면서 말하였다.

"이리 들어가시오."

배비장은 이상했지만 겁에 질려서 덜덜 떨리는 음성으로 물었다.

"거기엔 왜 들어가라는 거요?"

"여기에 들어가면 살 방법이 있으니 어서 들어가시오."

계집은 배비장을 자루에 담은 후에 자루끈을 모아 상투에 잡아매고 등잔 뒤 방구석에 세워 놓고 불을 껐다.

이때 방자가 문을 왈칵 열고 성큼 들어서며 사방을 둘러보았다.

"저 방구석에 세워 놓은 것은 무엇이냐?"

"그건 알아서 뭣 하시겠어요?"

애랑은 간드러지게 대답하였다.

"이 계집아, 내가 묻는 데 대답을 할 것이지 어찌 되묻는 것이냐? 이 년 주리방망이* 맛을 보고 싶으냐! 맛을 보고 싶다면 보여 주마."

계집의 음성이 더욱 간사해졌다.

"거문고에 새 줄을 달아 세워 놓은 것입니다."

도척 중국 춘추 시대의 큰 도적

항우 중국 진(秦)나라 말기의 무장(기원전 232~기원전 202년). 이름은 적(籍). 우는 자(字)이다. 숙부 항량(項梁)과 함께 군사를 일으켜 유방(劉邦)과 협력하여 진나라를 멸망시키고 스스로 서초(西楚)의 패왕(覇王)이 되었다. 그 후 유방과 패권을 다투다가 해하(垓下)에서 포위되어 자살하였다.

주리방망이 옛날 죄인을 문초하면서 두 다리를 묶고 그 사이를 비틀 때 쓰던 방망이

그러자 방자는 수그러지는 체하고 수그러진 음성으로,

"음! 거문고라면 좀 타 보자."

하고는 대꼬챙이로 볼록한 배비장의 등을 탁탁 쳤다. 그러니 배비장은 아파서 참을 길이 없었다. 그러나 꿈틀거릴 수도 없는 노릇이었다. 배비장은 아픔을 꾹 참고 대꼬챙이로 때릴 때마다 자루 속에서,

"둥덩 둥덩"

하고 소리를 냈다.

"음! 그놈의 거문고 소리가 매우 웅장하구나. 대현*을 쳤으니 이제 소현을 쳐 봐야겠군."

그러고는 이번에는 코를 탁 쳤다.

"둥덩 둥덩"

"음! 그놈의 거문고가 이상하다. 아래를 쳐도 위에서 소리가 나고 위를 쳐도 위에서 소리가 나니 말이다. 이 어떻게 된 놈의 거문고냐?"

계집의 대답이었다.

"이건 특수한 거문고라서 그렇답니다."

"그러냐? 나에게 술 한 잔 권하고 줄을 골라라. 오늘 밤 놀아 보자. 내 소변을 보고 들어오마."

방자는 문 밖으로 나와서 가만히 귀를 기울이고 엿들었다.

자루 속에서 배비장의 말소리가 들려왔다.

"여보, 그자가 거문고를 내 볼 것 같으니 다른 데로 나를 옮겨 주오."

"이곳으로 어서 들어가시오."

계집은 윗목에 놓인 나무 꿰짝을 열고 말하였다.

궤짝 속으로 들어간 배비장은 몸을 웅크리고 앉아서 생각하니 한심스러웠다. 그러나 그것이 모두 자기가 믿고 데리고 있는 방자의 계교라는 것을 어찌 알 것인가. 계집이 궤짝 문을 닫고 쇠를 덜커덕 채우니 이제는 함정에 든 호랑이요, 독 안에 든 쥐였다.

배비장은 숨이 가빠져 왔다. 이때 나갔던 사내가 다시 들어오면서 말하는 소리가 들려왔다.

"아까 눈이 저절로 감겨 잠깐 꿈을 꾸었더니 꿈에서 백발노인이 나를 불러서는, 네 집에 거문고와 나무 궤짝이 있느냐고 묻기에 그렇다고 대답했다. 그랬더니 액신*이 붙어서 장난을 하므로 패가망신*할 징조라 했다. 저 궤짝을 불태워 버려라. 어서 짚 한 단을 가지고 가서 불을 붙여라!"

궤짝 속에서 그 말을 들은 배비장은 탄식하였다.

"이제 화장을 치르겠구나. 이 일을 어찌한단 말이냐. 뛰쳐나가지도 못하고."

이때 애랑이 악을 썼다.

"조상 때부터 전해 내려온 물건으로 귀신이 들어 있는 궤짝인데 그것을 불사르라니 안 될 말이오."

"이년아, 나는 너하고 못 살겠다. 나는 이 궤짝을 가지고 나가겠다."

사내가 궤짝을 덜컥 어깨에 짊어지고 밖으로 나가려 하자 계집이 붙

대현 거문고의 셋째 줄의 이름. 가장 굵은 줄이다.
액신 재앙을 가져온다는 악신(惡神)
패가망신 집안의 재산을 다 써 없애고 몸을 망침

들고 늘어졌다.

"당신이 이 궤짝을 가져가면 나는 망하란 말이오? 이 궤는 못 놓겠소."

"그렇다면 서로 한 토막씩 나누어 갖자."

그러고는 사내는 커다란 톱을 가지고 와서 궤짝 위에 올려놓고 말하였다.

"자 어서 톱을 마주 잡고 당기자."

"배비장은 더 참지 못하고 겁이 나서 소리를 질렀다."

"여보시오. 미련도 하오. 하룻밤을 자도 만리성을 쌓는다* 하지 않소? 그 계집에게 궤짝을 다 주구려. 토막을 내면 못 쓰게 되고 말지 않소?"

그러자 사내는 톱을 내던지며 말하였다.

"아뿔싸! 이놈의 귀신이 살아나려고 사람의 소리를 내니, 불로달군 쇠꼬챙이로 찌르자."

불에 달궈진 꼬챙이가 배비장의 왼편 눈으로 내려왔다. 일이 이 지경에 이르고 보니 궤짝 속의 배비장은 비장한 결심을 하고서 악이라도 한번 써 보지 않을 수 없었다.

"여보, 아무리 무식하기로서니 눈의 소중함을 모른단 말이오?"

이렇게 소리를 지르니, 사내가 놀라 말하였다.

"에그! 궤짝 귀신이 저 상할 줄 미리 알고 애걸하니 그 정성이 가엾구나. 그 몸 상하지 않도록 궤짝을 져다가 물에다 던져 버려라."

그러고는 사내는 궤짝을 지고 밖으로 나가는 것이었다. 그리고 얼마쯤 가는데 어디서 한 사람이 앞으로 나서며 물었다.

"그게 뭐냐?"

"귀신이 든 궤짝이요."

"그 궤짝을 내게 파시오."

"그럽시다."

사내는 궤짝을 져다가 사또가 있는 동헌˚ 마당에 놓고 물에 던지는 듯이 말하며 궤 틈으로 물을 붓고 흔들었다.

"궤짝 속 귀신 너는 들어라! 이 파도에 띄울 테니 천 리 길을 떠나거라."

배비장은 생각하였다.

'어허 궤짝이 벌써 물에 떴나 보구나. 이젠 죽었구나.'

그런데 잠시 후에 들으니 어기어차! 어기어차! 하는 소리가 들려왔다. 물론 사령˚들이 지어서 하는 배 젓는 소리였다.

배비장은 소리를 질렀다.

"거기 가는 배는 어디로 가는 배란 말이오?"

"제주도로 가는 배요."

"어렵지만 이 궤짝을 실어다가 죽을 사람 살려 주오."

"궤짝 속에서 나는 그 소리가 이상하다. 우리 배에 부정 탈라! 상앗대˚로 떠밀자."

하룻밤을 자도 만리성을 쌓는다 잠깐 사귀어도 깊은 정을 맺을 수 있음을 이르는 말
동헌 지방 관아에서 고을 원(員)이나 감사(監司), 병사(兵使), 수사(水使) 및 그 밖의 수령(守令)들이 공사(公事)를 처리하던 중심 건물
사령 조선 시대에 각 관아에서 심부름하던 사람
상앗대 배질을 할 때 쓰는 긴 막대

"난 사람이니 부디 살려 주오."

"어디 사는 사람이오?"

"제주도에 사오."

"제주라는 곳이 아리따운 여자가 많은 땅이라, 분명 유부녀 희롱하러 갔다가 그 지경이 되었구나."

"예, 옳소이다."

"우리 배엔 부정이 탈까 못 올리겠고 궤짝 문이나 열어 줄 테니 헤엄을 쳐서 가거라. 그런데 이 물은 짠물이니 눈에 들어가면 눈이 멀 것이다. 그러니 눈을 감고 가라."

그러고는 사공이 자물쇠를 덜커덕 열어 놓자, 배비장은 알몸으로 쑥

나와서 두 눈을 잔뜩 감고 이를 악물고 와락 두 손을 짚으면서 허우적
거렸다.

한참을 이 모양으로 헤엄쳐 가다가 동헌 댓돌에다가 머리를 부딪치
니 배비장은 두 눈에서 불이 번쩍 나서 두 눈을 번쩍 떴다. 자세히 살펴
보니 동헌에 사또가 앉고 전후좌우에 아전과 하인, 기생, 노비 들이 늘
어서서 웃음을 참느라고 두 손으로 입을 막고 있는 것이었다.

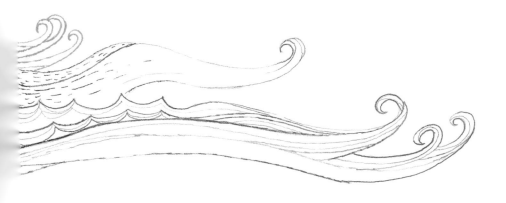

사또가 웃으면서 물었다.

"자네, 그 꼴이 웬일인고?"

배비장은 어이가 없어 고개를 푹 수그렸다.

남성의 성적 욕망을 바라보는 두 시선
-『이춘풍전』과 『배비장전』

🏯 조선 후기 유흥 문화와 『이춘풍전』·『배비장전』

이 책에서 소개하고 있는 『이춘풍전』과 『배비장전』은 조선 후기의 소설입니다. 조선 후기에 창작되어 주로 조선 후기에 향유된 소설이란 말이지요. 그런데 조선 후기는, 길게는 17세기부터 19세기까지, 짧게는 18세기부터 19세기까지를 포괄하는 우리나라 역사의 긴 시간 단위입니다. 그러므로 두 작품을 조선 후기의 소설이라 말하는 것은, 두 작품이 언제 창작되었는지 구체적으로 알 수 없다는 말과 같은 것이지요.

　『이춘풍전』과 『배비장전』을 창작한 이가 누구인지도 알 수 없습니다. 이 두 작품은 모두 여러 이본異本이 전해지고 있는데, 어떤 이본에도 창작한 이를 밝혀 놓지 않았으며, 이 두 작품을 창작한 이에 대한 어떠한 문헌 기록도 확인된 적이 없습니다. 그렇기에 이 두 작품을, 창작 시기뿐만 아니라 창작한 이가 누구인지 알 수 없는 작품이라 말하는 것이지요. 하지만 이 두 작품은 대체로 19세기의 역사적·사회적 맥락에서 해석·평가되곤 합니다. 창작된 시기를 분명하게 알 수는 없지만, 19세기에 두 작품이 독자들에 의해 수용된 것은 분명하기 때문이며, 두 작품의 내용이 19세기를 특징짓는 문화 현상과 긴밀하게 관련되기 때문입니다.

조선 후기의 끝자락인 19세기에는 발달한 상품화폐경제를 바탕으로 도시의 유흥 문화가 번성하게 되는데, 두 작품은 모두 이 유흥 문화의 주역이라고 할 수 있는 남성의 성적 욕망을 문제 삼고 있습니다. 『이춘풍전』은 상인의 아들인 이춘풍을 중심인물로 내세워, 그의 '방탕'함을 질책하고 바로잡는 내용입니다. 이춘풍은 부모에게 물려받은 재산을 술과 여자, 노름으로 모두 탕진할 뿐만 아니라 호조에서 돈을 빌려 평양에 장사하러 가서도 장사 밑천을 기생 추월에게 모두 날립니다. 『배비장전』은 고을 사또를 보좌하는 하급 벼슬아치인 배비장을 중심인물로 내세워, 그의 '위선'됨을 드러내고 이를 조롱하는 내용입니다. 배비장은 아내에게 절대로 다른 여자를 가까이 하지 않겠다고 맹세하고 이를 주위 사람들에게 공언했으나, 제주 기생 애랑에게 빠져 조롱을 당하게 됩니다. 이춘풍과 배비장, 이 두 사람이 자신의 성적 욕망을 충족하는 공간은 기생 추월과 애랑이 거주하는 기방妓房인데, 이 기방을 중심으로 도시의 유흥 문화가 매우 번창했던 시기가 19세기였습니다. 또한 19세기 유흥 문화를 주도한 사람들은 바로 비장 등의 하급 관리나 중인, 상인과 같은 도시의 중간 계층 부류들이었습니다. 이 두 작품을 조선 후기의 소설이라 말하면서 19세기의 맥락에서 해석하고 평가하는 것은 19세기 유흥 문화의 세태를 보여 주기 때문입니다.

🏮 판소리와의 관련성

『이춘풍전』과 『배비장전』은 조선 후기의 소설이면서 판소리 혹은 판소리 문화와 밀접한 관련이 있는 소설입니다. 『이춘풍전』은 판소리로 불렸다는 기록은 남아 있는 것이 없으나, 문체나 사설의 표현, 어법 등의 측면에서 판소리였거나 판소리의 영향을 받았을 것이라 추정되는 소설입니다. 『이춘풍전』을 원문 그대로 읽어 보면 판소리 특유의 문체나 표현, 어법 등을 매우 빈번하게 쉽게 발견

할 수 있습니다. 이는 『배비장전』도 마찬가지입니다. 특히 『배비장전』은 지금은 전해지지 않지만 판소리로 불렸던 「배비장타령」을 연원으로 하고 있기에 판소리와의 관련이 더욱 분명하다고 말할 수 있습니다.

'판소리'와 '소설'은 19세기의 문학예술을 대표하는, 이른바 '문화 트렌드'였습니다. 판소리와 소설을 향유하는 청자·독자층은 19세기에 와서 더욱 확장되었으며, 공연 레퍼토리와 작품의 수도 더욱 증가했습니다. 판소리의 경우, 지금까지 창이 전해지는 것은 「춘향가」, 「심청가」, 「흥보가」, 「적벽가」, 「수궁가」 등 다섯 바탕이지만, 창이 전해지지 않는 것까지 포함해 공연 레퍼토리가 열두 바탕이나 되었다고 합니다. 확인이 어느 정도 가능한 것이 열두 바탕이라 하니, 실제로는 그 이상이었을 것입니다. 소설도 마찬가지였습니다. 19세기 소설 독자들이 얼마나 열렬히 소설을 애호했는가, 소설이 당시에 얼마나 인기 있는, 매혹적인 것이었는가는 이를 보여 주는 문헌 기록을 통해 충분히 확인할 수 있습니다.

『이춘풍전』과 『배비장전』은 바로 19세기의 '문화 트렌드'라고 할 수 있는 판소리와 소설, 양쪽에 모두 관련되는, 아니 양쪽의 밀접했던 문화적 관련성을 보여 주는 그런 소설들이라고 말할 수 있습니다. 전승되는 판소리 다섯 바탕이 모두 소설로 필사되고 간행된 것에서 알 수 있듯이(그래서 판소리계소설이라고 합니다.) 판소리 쪽의 레퍼토리는 소설로도 요구되었던 것이지요. 비록 전승되는 다섯 바탕에는 미치지 못했지만, 『이춘풍전』과 『배비장전』 또한 이러한 요구를 받았던 작품이었다고 말할 수 있습니다. 앞서, 『이춘풍전』과 『배비장전』은 모두 남성 인물의 성적 욕망을 문제 삼고 있는 소설이라고 했던 바, 그렇다면 이 남성 인물의 성적 욕망의 문제가 당시의 청자·독자들에게 커다란 관심거리였음을 충분히 짐작할 수 있습니다.

🎎 남성의 성적 욕망과 『이춘풍전』·『배비장전』의 시선

『이춘풍전』과 『배비장전』은 남성 인물의 성적 욕망을 문제 삼고 있는 소설이라고 말했지만, 차이가 있습니다. 그것은 무엇보다도 중심인물인 남성의 성적 욕망을 바라보는 시선이 다르다는 것입니다. 『이춘풍전』에서는 이춘풍의 성적 욕망에 대해 매우 부정적인 시선으로 바라봅니다. 그렇기에 『이춘풍전』에서는 춘풍의 아내를 내세워 자신의 성적 욕망을 마음껏 발산하는 춘풍의 방탕을 바로잡게 합니다. 하지만 『배비장전』에서는 배비장의 성적 욕망을 부정적인 시선으로 바라보지 않습니다. 오히려 『배비장전』에서는 기생 애랑을 내세워 자신의 성적 욕망을 감추려고 했던 배비장의 위선을 드러내게 합니다.

그렇다면 『이춘풍전』과 『배비장전』의 이 차이는 어떻게 발생한 것일까요? 그것은 남성의 성적 욕망을 바라보는 시선의 주체가 다르기 때문입니다. 『이춘풍전』에서 이춘풍의 성적 욕망을 바라보는 시선은 여성의 시선입니다. 여성의 시선으로, 춘풍의 아내의 시선으로 바라보았기에 춘풍의 발산하는 성적 욕망이 부정적으로 보였던 것입니다. 그런데 『배비장전』에서 배비장의 성적 욕망을 바라보는 시선은 남성의 시선입니다. 여성의 시선으로, 배비장의 아내의 시선으로 보았다면 기생에게 발산하는 배비장의 성적 욕망이 긍정적으로 보이지는 않았을 것입니다.

이처럼 『이춘풍전』과 『배비장전』이 서로 다른 시선으로 남성의 성적 욕망을 바라보고 있는 것은, 소설을 통해 서로 다른 서사적 의미를 말하고자 하기 때문입니다. 『이춘풍전』에서 말하고자 하는 서사적 의미는 남성의 지나친 성적 욕망의 표출, 즉 '방탕'을 경계해야 한다는 것입니다. 『배비장전』에서 말하고자 하는 서사적 의미는 남성의 성적 욕망은 감추거나 숨겨서는 안 되며, 감추거나 숨길 수도 없다는 것입니다. 이렇게 서로 다른 서사적 의미를 독자에게 전달하기 위해 각각 여성의 시선과 남성의 시선으로 '남성의 성적 욕망'을 바라본 것입니다.

성적 욕망은 지나쳐서도, 감추거나 숨기겨도 안 됩니다. 이는 남성뿐만 아니라 여성도 마찬가지입니다. 그렇기에 『이춘풍전』은 지나친 욕망을 경계하고 있는 점에서, 『배비장전』은 욕망을 감추거나 숨기는 일이 위선임을 드러내고 있는 점에서 의미 있는 작품으로 평가할 수 있습니다. 하지만 이 소설의 배경이 되고, 이 소설이 독자에게 수용되던 조선 시대, 특히 유흥 문화가 번성했던 19세기의 역사적 시공간의 맥락에서 생각해 보면 이 두 작품의 의의, 그 성취를 각각 평가하는 선에서 머물고 말 일은 아닙니다.

아내에게 다른 여자는 거들떠보지도 않겠다고 한 배비장의 맹세는 당시의 남성들에게 지켜야 할 의무가 아니었습니다. 당시의 남성들은 아내 외에 여러 첩을 둘 수도 있었으며 기생을 여럿 가까이 할 수도 있었습니다. 당시의 남성들은 이렇게 성적 욕망을 발산하는 것을, 그것이 지나친 면이 있다 하더라도 해서는 안 되는 일로 생각하지 않았으며, 오히려 감추거나 숨기어서는 안 될 남성의 본성이라 생각했습니다. 『배비장전』은 이러한 조선 시대 남성의 지배적인 생각을 소설을 통해 이야기한 것입니다. 하지만 『이춘풍전』은 이와는 다릅니다. 『이춘풍전』은 이러한 지배적인 생각에 문제를 제기하고 있으며, 이러한 지배적인 생각으로부터 벗어날 것을 요구하고 있습니다. 『이춘풍전』은 소설을 통해, 소설에 등장하는 여성 인물의 목소리를 통해 남성 중심성의 폐해를 이야기한 것입니다. 이것은 조선 사회를 지탱했던 '남성 중심성'을 정면에서 비판한 것으로, 『이춘풍전』을 높이 평가하는 이유가 여기에 있습니다.